不遇職とバカにされましたが、実際はそれほど悪くありません？ 2

A L P H A L I G H T

カタナヅキ
KATANADUKI

アルファライト文庫

Reito
レイト
異世界転生し、
王家の跡取りとして
生を受けた青年。
生まれ持った職業が
「不遇職」だったために
追放されてしまう。
Nao
ナオ
レイトが追放された
バルトロス王国の第一王女。
騎士団を率いている。
Kotomin
コトミン
涼しげな雰囲気を
漂わせる、謎の美少女。
Ullr
ウル
レイトの相棒である
「白狼種」。甘えん坊。

バジル

「旧帝国（エンパイア）」に仕える
魔物使いの一人。
その素顔を見た者は
ほとんどいない。

バル

冒険者ギルド「黒虎（くろとら）」の
ギルドマスター。
人間では珍（めずら）しく、
大剣を扱（あつか）う。

Gain

ゲイン

闇の組織「旧帝国（エンパイア）」に
仕（つか）える魔物使いの
一人であり、組織の幹部（かんぶ）。

Main Character

主な登場人物

◆
◆
◆

王家の跡取りとして生まれたものの、持っていた職業が不遇職だったために、王国から追放されたレイト。

母親とともに人里離れた屋敷に幽閉されることになったが、彼の不幸はそれに留まらなかった。

姉のように慕っていたメイドのアリアから命を狙われ、屋敷を追われる羽目になり、魔物の蠢く危険な森で一人生きていくことになったのだ。

それから彼は一人で鍛錬に励み、スキルを合成し、白狼種のウルと仲良くなったりしながら、約四年にわたり森で暮らし続けた。

そんな彼が街へ出ることを決意したのは、逃亡犯として王国全土に発せられていた彼への手配が取り下げられた時だった。

道中、彼はバルトロス王国第一王女、ナオと出会った。彼女はヴァルキュリア騎士団の団長であり、またレイトの従姉でもあった。

ヴァルキュリア騎士団に同行することになったレイトは、これから待ち受けているであろう冒険に心をときめかせるのだった。

1

レイトの前に、巨大な防壁(ぼうへき)で囲まれた都市が現れる。

都市の名前は、冒険都市ルノ。冒険都市と言われる由縁(ゆえん)は、この世界で最も多くの冒険者が滞在(たいざい)しているためだ。

レイトはナオにお礼を伝える。

「ここまで連(つ)れてきてくださって、ありがとうございました」

「いや、気にするな。お前のお陰(かげ)で我々も色々と助かった……これで父上にもちゃんとした報告ができそうだ」

「え、父上……？」

「ん、いや……何でもない」

ナオの父親である先王は既(すで)に死亡しているはずだ。

そういえば、この世界の管理者であるアイリスは、レイトを追放した父がナオを引き取ったと言っていたような気がする。

彼が考え込んでいると、ナオは首を横に振って話題を変える。

「その……まあ、お前には才能がある。それだけの力と知恵があれば、冒険者として上手くやれるはずだ」

「えっ？」

「まあ、お前次第だがな。それと、さっき渡した身分証は絶対になくすんじゃないぞ。どこで働くにしても必要だからな。それじゃあ……その、元気でな。ウルも達者でな」

「あ、ありがとうございました」

「ウォンッ‼」

都市の城門前で、レイトはナオと握手を交わした。

ヴァルキュリア騎士団はそのまま王都に向かうらしい。村を襲撃したゴブリンの集団について、一刻も早く国王に報告する必要があるとのことだった。

城門から離れていくヴァルキュリア騎士団の最後尾で、ナオが振り返る。

「では……さらばだ‼」

「お世話になりました」

「クゥ～ンッ」

レイトは、ナオの後ろ姿を見送りながら緊張していた。ずっと森の中で暮らしていたので、人里を訪れるのは初めてなのだ。

そんなレイトに、門番の兵士達が声を掛けてくる。

「お、おい……お前、さっきのヴァルキュリア騎士団じゃないか⁉　ど、どういう関係なんだよ⁉」

「信じられねえ。俺、初めて見たぜ」

「えっと……あの、通してくれませんか？」

レイトは嫌そうに言いながら、ナオから渡された身分証を差し出す。それは、王国の第一王女がレイトの身元を保証するというものだった。

彼らは目を見開き、慌てて敬礼する。

「こ、これは失礼しました‼　どうぞお通りください‼」

「くれぐれもお気をつけて‼」

「あ、どうも……」

「ウォンッ‼」

街に入るのには成功したものの、レイトには心配なことがあった。

ウルの存在である。

街でウルのような魔獣を連れていると、警戒されるのではないかと思ったのだ。

ところが意外なことに、街の中には飼育されている魔獣がたくさんおり、馬の代わりに荷車を引かせたりしていた。

「おい、見ろよ……あれって白狼種じゃねえか？」

「マジかよ‼　あんなガキがあの狼を手懐けたのか？」

「綺麗な毛だな……売ったら幾らになるんだろう」

　希少種である白狼種は、この冒険都市でも珍しいようだ。ウルを連れたレイトに、下衆な視線が向けられる。

「グルルルッ……‼」

「落ち着けっ」

　唸り声を上げるウルを、レイトは窘める。

　レイトは、どうやってウルを守ろうかと考えつつ、ペットの宿泊が可能な宿屋を探すことにした。

　街道を移動していると、様々な露天商が客引きをしている。

「そこの兄ちゃん‼　ホーンラビットの串焼きを買わないかい？」

「ねえねえ‼　そこのワンちゃんに、うちのオークの燻製肉はいらないか？」

「君、可愛いわね……お姉さんに飼われてみない？」

「結構です」

「クゥンッ……」

　その時、レイトの「気配感知」が発動した。「気配感知」は、敵意を抱いた者が近づいてきた時に発動する能力だ。

　レイトは即座に、この世界の管理者であるアイリスと交信する。

『アイリス』

『何者かに尾行されていますね。多分、ウルさんが狙われていますよ』

『盗賊(とうぞく)？』

『みたいですね。しかも、賞金首が交じってます。返り討(う)ちにするなら、左の路地(ろじ)を曲(ま)がってください。ちょうどいい具合に空(あ)き地がありますから』

　アイリスの助言に従(したが)い、レイトはウルを連れて路地を抜ける。

　スキル「跳躍(ちょうやく)」を発動して建物(たてもの)の屋根を伝って逃げてもよかったが、賞金首が交じっているると聞いて、レイトは戦うことに決めた。今後の路銀(ろぎん)を確保しようと思ったのだ。

「ここか……ウル、戦闘態勢」

「ウォンッ‼」

　空(あ)き地に到着したレイトは、「気配感知」で接近してくる敵の数を確認する。レイトをつけていたのは二人だったようだ。

「へっへっへっ……どうやら気づかれたようだな」

「それなら話は早い。おい、坊主(ぼうず)‼　そいつを大人(おとな)しく渡しなっ‼」

　姿を現した二人組の男は、海賊が扱(あつか)うようなカトラスという武器を背負(せお)っていた。

男達がじりじりと寄ってくるが、レイトは彼らの背後に、さらに危険そうな気配を感じた。後方の建物の屋根の上に女がおり、こちらを観察していたのだ。

レイトに気づかれたのを察知したのか、女は突如飛び上がり、地上に降り立った。女が着地した瞬間、地面に振動が走る。

子供のように身長が低いが、顔立ちは中年の女性である。両手に短剣を握りしめている。

どうやら彼女は小髭族のようだ。小さな体躯に不釣合いな筋肉をまとっている。体重はゆうに百キロはあるだろう。

「貴女も仲間ですか？」

「あん？」

女がレイトの質問を無視して、不敵な笑みを浮かべながら接近してくる。

すると、男達が震えだした。

「げっ⁉　お、お前……何でここに⁉」

「やべえよ、兄貴‼　こいつ、賞金首の切り裂きミラじゃねえか‼」

顔色を変えて後退る男達。

ウルが警戒するように、全身の体毛を逆立たせた。

「ガアアッ‼」

「おっと、ワンコに用はないよ。私の狙いはあんたじゃなくて、そっちの男達だからね」

ミラと呼ばれた女はそう言うと、ゆっくりと腰を落とす。

そして――

「え⁉」

「ま、待ってくれ‼　俺達が一体何をした……」

「これ以上、臭い口を開くんじゃないよ‼」

そう口にするや否や、ミラは両手の短剣を同時に投擲する。

短剣は弾丸のような速度で飛び、男達の頭を貫通。男達は悲鳴を上げる暇もなく地面に倒れ、そのまま絶命してしまった。

ミラが吐き捨てるように言う。

「ふんっ、あんたらが私の陰口を叩いてたのは知ってるよ。よくも、私がシモンの野郎と寝たなんて噂を流してくれたね……まあ、それはともかく、次はあんただよ」

ミラの目が捉えたのは、レイトである。

「くっ……‼」

レイトは目の前で人が殺されたことに衝撃を受け、足がすくんで動けずにいた。そんなレイトを守るようにウルが前に出る。

ミラは懐から小さな袋を取り出すと、それをウルの足元に投げつけた。

「あんたらも眠りな‼」

「離れろ、ウル‼」

「ウォンッ⁉」

ようやく我に返ったレイトが飛んで回避すると、ウルは逆方向に飛ぶ。小袋が地面に衝突した瞬間、中から青色の煙が噴き出した。

即座にレイトはアイリスと交信する。

『アイアイ‼』

『そんなパンダみたいな名前で呼ばないでください。ちょっと気に入りそうになったじゃないですか。それはともかく、その袋の中身は睡眠草と呼ばれる植物の粉末が入っています。少しでも吸い込むと半日は昏倒しますよ』

交信を終え、レイトはミラを見る。

しかし彼女の姿はそこにはなかった。アイリスと交信している間は時が止まるが、ミラはいつの間にか移動していたらしい。

すかさずレイトは「気配感知」を発動させ、ミラを自分の背後に発見する。

レイトは背中の弓を手に掛け、その弓を思いっきり投げつけた。

「このっ‼」

「おっと」

レイトの後方で、ミラが腰に装着していたカトラスを振るおうとしていたが、弓が飛んできたので慌てて弾き返す。

　レイトは「跳躍」を発動して、一気に距離を取った。

　ミラが感心したように口笛を吹く。

「その動き……あんたも暗殺者かい？　なかなかやるじゃないか」

「育ててくれたのは暗殺者ですけど……」

　暗殺者と言われ、レイトはアリアのことを思い出す。実際、彼が得意としているこの「跳躍」は、彼女から逃げ回るために習得したスキルだった。

　レイトは攻撃に転じるべく、左右の手にそれぞれ氷の長剣を発動させる。

「『氷装剣』！」

「氷の剣……!?　ちっ、あんた魔術師だったのかい」

「ガアアッ」

　二つの氷の剣を見て舌打ちするミラに、ウルが牙を剥き出しにして飛び掛かる。が、彼女は素早くカトラスを振った。

「あんたは下がってな‼」

「ガアッ⁉」

「ウル‼」

　ウルの牙にカトラスの刃がぶつかるが、ミラはそのまま力尽くでカトラスを振り抜き、ウルを飛ばしてしまった。

どうやらミラは、馬くらいはあるウルをいとも簡単に吹き飛ばすほどの膂力を持っているようだ。

レイトは警戒しつつも二本の長剣を構え、そして一気に斬り掛かる。

「はああっ‼」

「あん？　何のつもりだい？」

ミラはそう言って眉を顰めると、呆気なく攻撃を回避する。それでもレイトは無我夢中で、剣を振り続けた。

「せいっ、はあっ‼」

「おっと、剣速だけはなかなかだが……もしかしてあんた、人間を相手に戦ったことはないんじゃないかい⁉」

「くっ⁉」

ミラがレイトの繰り出した斬撃を再び回避すると、彼の正面に回り込み、足で蹴りつけた。

レイトは咄嗟に腕で受け止めるが、「受身」と「頑丈」のスキルを持っているにもかかわらず、その衝撃に耐えることができなかった。

勢いよく後方に飛ばされるレイトを見て、ミラは笑い声を上げる。

「あははははっ、こいつはお笑いだね。わざわざ氷の剣なんて生み出すくらいだから、どれほど強いのかと思えば……やっぱりあんた、魔物としか戦ったことがないんだろう？　これなら、新入りの冒険者の方がまだまともな剣技を扱うよ」

「くっ……言い返せないな」

　レイトは肩で息をしながら、歯を食いしばる。

　確かにミラの言う通りだった。

　彼は魔物との戦闘経験は豊富だったが、対人戦は殆どしたことがない。アリアとの模擬戦を除けば、盗賊三人組くらいしか戦闘経験がなかった。

　再びミラが急接近し、挑発するようにカトラスを振り回してくる。

「ほらほら、腰が入っていないよ‼」

「このっ……」

「ガアッ」

「おっと、ワンワンは下がってろ‼」

　レイトとミラの間にウルが入ってこようとするが、ミラは先に動いて回避する。

　速さだけなら白狼種のウルがミラよりも上だが、戦闘においてはミラの方が巧者らしい。

　彼女は、接近してくるウルの攻撃を完全に見切り、紙一重で躱している。

　レイトは、ミラの職業の一つは「暗殺者」だとしても、もう一つは「剣士」、あるいは

「格闘家」だろうと推測した。ミラは一本のカトラスだけで、手数の多さも一撃の重さも、二刀流のレイトを圧倒していた。

「『旋風』‼」

「はっ‼」

左右の剣から繰り出したレイトの戦技を、ミラは器用に上体を反らして回避。その体勢から、腰に差していた短剣を引き抜いて投擲してきた。

レイトの脳裏に、先ほどミラに殺された盗賊の男達が浮かぶ。

彼が屈んで短剣を回避すると、ミラが笑みを浮かべた。

「引っかかったね」

「……糸⁉」

よく見ると、ミラの指先から糸が伸びている。

糸は短剣の柄と結ばれており、彼女がくいと指を曲げると、投擲された短剣の軌道が変化し、短剣はレイトの後頭部に向かってきた。

レイトは直感で背後から迫る短剣に気づき、二本の剣を振りかざす。

「『回転』‼」

「なにっ⁉」

戦技「旋風」よりも攻撃範囲が広い戦技「回転」を発動し、レイトは言葉通りにその場で回転して、短剣を弾き飛ばした。

柄に付いていた糸が強引に引きちぎられると、ミラは指に糸が食い込む痛みに表情を歪めた。そして怒りのあまり、カトラスを振り抜いてくる。

「このガキッ‼」

「おっと」

振り下ろされたカトラスに向けて、レイトは「観察眼」のスキルを発動。そして刃の軌道を冷静に読み取った。

正面から斬り下ろすと見せかけて、ミラは剣筋を変化させようとしているらしい。頭部目掛けて突き刺すような軌道に変化する直前に、レイトは的確に回避した。

「っ⁉」

「お返しだっ‼」

容易く避けられたことに驚いた表情を浮かべたミラの腹部に、レイトは先ほどのお返しとばかりに蹴りを入れる。

予想外の威力に後退ったミラは、激しく咳き込んだ。

「げほっ。ぐふっ……な、生意気なガキがぁっ‼」

ミラは頭に血が上って我を失い、再びカトラスを構えて斬りつけてくる。

この時ミラには、剣の技量ならば自分が上だという驕りがあった。一方レイトは、正攻法では敵わないと思っていた。

レイトは二本の「氷装剣」を共に手放すと、両手を前に突き出す。

「『氷盾』‼」

「うおっ⁉」

この「氷盾」は深淵の森で生活していた時に取得した技術スキルで、名前の通りに「氷塊」の盾を生み出す能力である。

出現した大盾は、ミラの振り下ろしたカトラスを弾き返した。

ミラが動揺している隙にレイトは盾を手放して新しい武器を生み出す。

「『氷装剣』‼」

「またそれか……⁉」

生み出したのは、先ほどの長剣ではなく巨大な刃の大剣だった。大きさが尋常ではなく、レイトの身の丈を超えている。

ミラは本能的に危険を感じ取った。

「ちょ、ちょっと待ちな‼」

「『回転』‼」

レイトは、ミラの制止の声を無視して、回転しながら斬り掛かる。

まともに受けたら耐え切れないと判断したミラは、「跳躍」のスキルを駆使して一気に後ろに下がった。

「せいやぁっ‼」

「っ……‼」

しかし、振り抜かれた剣の風圧に吹き飛ばされる。

刃を躱すことに成功した彼女は安心していたが、それも束の間、レイトは回転を止めることなく接近してくる。

「はああっ‼」

「なっ⁉　馬鹿なっ……ぐああっ」

レイトは回転したまま、加速させた一撃をミラに浴びせ掛ける。

ミラのカトラスは砕け散り、彼女は再び吹き飛ばされた。

「ぎゃあああああっ」

「おっとと……危なっ」

レイトはふらつきながら回転を止め、地面に横たわるミラに視線を向ける。

大剣の刃はブラッドベアを倒した時のように振動させていなかったので、ミラの肉体は切断されてない。しかし彼女は相当のダメージを受けたため痙攣しており、完全に意識を失っていた。

彼女の敗因は、レイトをただの素人の剣士に過ぎないと思い込んでいたことにある。彼の能力を冷静に見極めていれば、余裕で勝利できたはずだった。

レイトはミラを拘束すると、アイリスを呼び出す。

『アイファイ』

『えっ……？　あ、Ｗｉ-Ｆｉですか‼　また、分かりにくいボケを』

『それよりこの人、めっちゃ強かったんだけど……』

『そりゃそうですよ。金貨十五枚の賞金首ですから』

『金貨十五枚⁉　ということは……日本円で百五十万円⁉』

あまりに高額なので、レイトは驚愕してしまう。

しかし、その金額相応の強敵であった。ミラが油断していたこと、そして剣技「回転」が上手くきまったことで勝利できたが、もう一度戦えば勝てる保証はない格上の相手だった。

『そんなやばい奴が相手なら事前に教えといてよ……死にかけたわ』

『まあまあ、結果的に勝ったんですからいいじゃないですか。「回転」が上手く効いて良かったですね』

『そうなんだけど……でもあれはでかい奴を倒すために作り出した技だよ。人に使っていい技じゃない』

戦技「回転」は身体を回転させることで威力を上げた一撃を浴びせる大技で、ブラッドベアのような巨大な魔物用に考案したものだ。だから、人間相手に使うことは全く考えていなかった。

それにもかかわらず今回使用したのは、ミラには普通の戦闘法では敵わないと判断したからだった。

『まあともかく、今回の戦闘でレイトさんの弱点が自覚できましたね。対人戦の経験が少ない、それが今のレイトさんの課題です』

『これまでの対人戦とは全然緊張感が違った……人間相手に本気で殺し合いをするようになるとは……そんな日が本当に来るなんて思わなかったよ』

『今回は上手く勝てましたけど、この弱点は早い段階で克服しないとまずいですよ。だから本格的に剣の技術を学びましょう』

『剣の技術か……そうだね』

『それと、その賞金首は冒険者ギルドに引き渡しましょうか。ギルドなら、王国軍の代わりに犯罪者を引き取って賞金を渡してくれますから。どんな凶悪犯だって、ギルドにいる実力者達に囲まれたら逃げられませんからね』

『そうなんだ。じゃあ冒険者ギルドに行くとして、そのついでに冒険者の登録も済ませちゃおうかな』

レイトはふと、ナオに「冒険者として上手くやれる」と言われたことを思い出す。そして改めて冒険者になる覚悟を決めた。

『あ、だけど、不遇職の俺が冒険者になっても大丈夫かな？　変な奴って思われて目を付けられたりしないといいんだけど』

『異世界物の小説のテンプレ展開ですね。レイトさんならそんなトラブルもあっさり乗り越(こ)えられそうですけど……あまり悪目立(わるめだ)ちすると面倒ですよね。それにレイトさんが、四年前に王国が出した手配書の人物だと気づかれる心配もありますし……そうだ、こうしましょう。まずは冒険者登録の際に――』

アイリスの助言を聞き終えたレイトは、ウルと共に冒険者ギルドの建物に向かう。

この冒険者都市には三つの冒険者ギルドが存在しているが、彼が来たのはその中でも一番規模(きぼ)が小さく、登録している冒険者の数も最も少ないギルド「黒虎(くろとら)」だった。ナオにここが良いと薦(すす)められていたのだ。

「ここか……うわ、ちょっと傾(かたむ)いてない？」

「クゥンッ……」

建物は木造で随分と年季を感じさせた。

レイトは縄で簀巻きにしたミラをウルの背から降ろすと、肩に担ぎ上げて建物の中に入る。

屋内には数十人もの人がいた。彼らは机に座って談笑したり、食事や酒を楽しんだりしている。受付嬢と話をしている者や、掲示板に貼られた紙を熱心に読んでいる者もいた。

レイトはミラを担いだまま、ギルド内を進む。

「ん、なんだあのガキ？　女を背負って入ってきやがって」

「おいおい、ここは人身売買はしてねえぞ」

「賞金首か？　いやちょっと待て‼　あの女……」

冒険者達は、人を担いで歩くレイトに訝しげな視線を向けていた。だが、そんな視線の中には、担がれている女の正体に気づき、激しく動揺する者もいた。

レイトは平静を装い、アイリスの助言を頭の中で繰り返しながら受付に向かっていく。

そして受付嬢に話し掛ける。

「すみません。賞金首を捕まえたので、換金してほしいんですけど」

「え？　しょ、賞金首ですか？」

眼鏡を掛けた受付嬢はびっくりして声を上げた。

レイトが簀巻きにしたミラを地面に降ろすと、受付嬢は慌てて賞金首の手配書を取り出し、ミラの顔と資料を何度も見比べる。

「う、嘘っ⁉　この人……Ａ級賞金首のミラ⁉　あ、貴方が捕まえたんですか？」

受付嬢の言葉に、ギルド内の人達全員の視線がレイトに向けられる。

「なんだと⁉」

「あの首切り女を⁉」

受付嬢の質問に、レイトは努めて平然として首を横に振る。

それから彼は、事前に考えておいた言い訳を伝えた。

「捕まえたというか、路地裏で倒れているところを見つけたんです。それで心配になって顔を覗き込んだら賞金首だったので、ここまで連れてきました」

これが、アイリスと相談して決めた作戦だった。

ミラを引き渡す際、自分の実力で捕まえたのではなく、ミラが勝手に酔い潰れて倒れていたことにしようと考えたのである。ちなみにミラの身体には、酒が振り掛けてある。

受付嬢は、酒の匂いを漂わせる賞金首に不快そうな顔をすると、レイトの言葉を信じたらしく、ミラを地下牢に送るように指示をした。

ミラが目を覚ませば嘘をついたことはすぐにばれてしまうが、レイトは大した問題ではないと考えていた。今重要なのは、この場を切り抜けることである。

多くの冒険者が視線を向けていたが、レイトが酔ったミラを連れてきただけだと知ると、彼らは興味をなくしたように視線を逸らした。

　受付嬢がにっこりと笑って言う。

「おめでとうございます‼　賞金の金貨十五枚ですよ」

「あ、ありがとうございます」

「おいおい良かったな、坊主。こんな幸運、もう一生訪れないぞ？」

「何か奢ってくれよ～」

「おい、よせよ……一般人にたかるのは冒険者の恥だぞ」

　受付嬢から金貨を受け取ったレイトに、羨望の眼差しが向けられる。レイトは金貨を受け取ると、続けてもう一つの用事である、冒険者登録について聞いた。

「あの、すみません。冒険者になりたいんですけど……登録はできますか？」

「え？　あ、はい。問題ありませんよ。身分証は持っていますか？」

「これを渡せば問題ないと聞いたんですが」

　レイトが、ナオから貰った羊皮紙を差し出す。

　受付嬢は何気なく羊皮紙の内容を確認していたが、突然目を見開き、慌てたように受付席から立ち上がった。

「え、嘘っ……⁉　あ、あの、ちょっとすみません、ギ、ギルドマスター‼」

　受付嬢の声を聞き、黒虎の主であるギルドマスターがだるそうにやって来る。

冒険者ギルド黒虎のギルドマスターを務めるこの人物は、元は王国の将軍だったという、人族の女性だった。

身長は百九十センチを超え、肉体は筋骨隆々。赤い長髪で全身に傷跡がある。年齢は20代後半らしいが、威厳を感じさせるのでそれ以上に見えた。

元Sランクの冒険者だったが、先代のギルドマスターが急死したため後任を任されたという。名前はバル。今もなお、現役の冒険者に引けを取らない実力を有しているらしい。

「なんだい、うるさいねえっ……さっきから何を騒いでいるんだい？」

「こ、これ見てください。あの王女様の……」

「こいつは……!?」

バルは受付嬢から手渡された羊皮紙に目を通すと、レイトに鋭い視線を向けた。

そして受付嬢に問い質す。

「おい、あんた鑑定のスキルを持っているんだろ？　この署名と紋章は本物かい？」

「本物ですよ‼　だからこうやって相談してるんじゃないですか……‼」

「ということは、偽造の可能性はないか……しかし、あのおてんば姫がこんな物を、しかも男に渡すとは考えにくいね」

羊皮紙には、ナオがレイトの身元を保証すると記されており、彼女の署名とバルトロス王国の印が刻まれていた。また、初級魔法の優れた使い手であるとも記載されている。ナオは、レイトが冒険者登録を断られないように色々と配慮してくれたらしい。

バルが感心したように呟く。

「ふむ……男嫌いで有名な姫様がここまで気に掛けるなんてね。それにしても、面白い魔法を使うか……ちょっと気になるね」

「あの、どうしますか？　本来試験を受けさせて判断する規則ですけど……姫様のご紹介なら」

「駄目だね。いくら姫様の紹介でも規則は規則、試験は受けてもらうよ。それに、あたしも気になるしね、初級魔法を使ってどうやって戦うのか……おい、そこのあんた!!　冒険者になりたいんだろう？　なら、今から試験を受けてもらうよ!!」

受付嬢と話していたバルが急に鋭い視線を向けてきたので、レイトはたじろいでしまう。

「え、でも……まだお金払ってないんですけど」

「そんなもんは後でいいよ!!　ほら、訓練場はこっちだよ。早く来なっ!!」

レイトとしては、目立たないように冒険者になりたいと思っていたのだが、妙な騒動に巻き込まれてしまうのだった。

バルに連れてこられたのは、冒険者ギルドの建物の裏手である。そこは冒険者達の訓練場になっており、レイトが今までに見たこともないような、様々な器具が設置されていた。

バルが、レイトをその訓練場の中央にある石畳の試合場に案内する。

試合場の周囲には、木製の柵が設けられていた。どうやら出入口以外から抜け出すことはできないようになっているらしい。

レイトとバルは向かい合う形で試合場の上に立った。バルは既に準備を済ませ、鎧を着込んで、大剣を背負っていた。

「ほら、ここで試験を始めるよ」

「あの……何をするんですか？」

「文字通りに実技試験さ。と言っても私は手を出さないよ。時間内に、あんたが好きなだけ攻撃すればいいだけさ」

バルはそう言って砂時計を取り出すと地面に設置した。

そして、笑みを浮かべてさらに続ける。

「この砂時計の砂が完全に落ちるまで、あたしに攻撃を加えてみな。武器や魔法に制限はないから、好きなように掛かってこい。あたしはあくまでも防御に徹するからね」

「え、でも大丈夫ですか？　その方法だとバルさんが……」

レイトがバルの身を案じてそう言うと、バルが声を上げる。

「ガキがあたしの心配をするなんて百年早いんだよ！　こっちは攻撃しないだけで普通に動くんだから、そんな気遣いなんかするんじゃないよ！」

レイトはバルの勢いに圧倒されながらも納得し、準備を始めた。

まず、「筋力強化」を発動して身体能力を上昇させる。続いて武器はどうしようかと考えたが、弓はミラとの戦闘時に壊れてしまったので、「氷装剣」を発動することにした。

「『氷装剣』」

「うおっ⁉　変わった魔法を使うね……氷の剣かい」

氷の長剣を生み出したレイトを見て、バルは驚いたような表情を浮かべた。

バルが砂時計に触れたのを試験のスタートと見たレイトは、「跳躍」のスキルを利用してバルに急接近する。

そして彼女の眼前に立った彼は、長剣を振りかざす。

「はああっ‼」

「おっと」

レイトが長剣を振り下ろした瞬間、バルは背中の大剣を抜き取って受け止める。彼女の大剣の刃が白銀のように光り輝いた。

さらにレイトはもう一本長剣を生み出し、二本の剣で何度も斬りつける。

「このっ‼」

「何だいその動きは？　あんた、剣士としては半人前だね‼」

「うわっ⁉」

バルが大剣をひと薙ぎすると、レイトの二本の長剣は弾かれてしまった。

先のミラとの戦闘と同じように、彼は剣の未熟さを見抜かれたらしい。それでもレイトは接近戦に持ち込むために前に出る。

「『旋風』‼」

「おっと」

「――からの『兜割り』‼」

「うおっ⁉」

レイトが戦技「旋風」を発動して二本の長剣を同時に横薙ぎに斬りつけると、バルは大剣で受け流そうとする。そこで、レイトは片方の剣だけ戦技「兜割り」を発動させ、軌道を変化させた。彼女の掌を斬りつけようとしたのだが、バルは咄嗟に腕を引いて攻撃を躱した。

「『回転』‼」

「ちっ‼」

続いて、レイトは両手の長剣を重ね合わせて回転する。バルは上体を反らして攻撃を回避し、その体勢から彼を蹴り飛ばそうと脚を突き出す。

「このっ‼」

「なんのっ‼」

ミラとの戦闘でもあった展開である。

それを思い出したレイトは、迫りくる蹴りを「回避」のスキルを発動させて躱し、二本の長剣を手放した。

そして拳を握りしめ、格闘家の戦技を発動させる。

「『弾撃』‼」

「なにっ⁉」

レイトは勢いよく地面を踏み込み、足の裏から足首、膝、股関節、腹部、胸、肩、肘、腕の順番に身体を回転及び加速させ、バルの脚に向かって拳を打ち込む。

「はああっ‼」

「くそっ……『硬化』‼」

バルは防御用の戦技を発動する。

彼女の脚の筋肉が硬くなり、レイトの拳を受けた瞬間に轟音が響き渡った。

「あぐっ⁉」

「いたぁっ⁉」

レイトは鋼鉄の壁を全力で殴ったような痛みを感じ、一方バルはバットを叩きつけられたような激痛を覚えた。

二人同時に距離を取る。

「いててて っ……何ですか、今のスキルは⁉」

「いつつっ……お前の方こそどんな拳してるんだい⁉　くっきりと痣を残しやがって……本当に魔術師なのかい？」

　レイトは拳を痛めた程度だったが、バルの足には彼の拳の跡が残っていた。

　バルが生身でレイトの攻撃を受けていたら、足の骨が折れていたことは間違いない。彼女は冷や汗を流しながら大剣を構え直す。

「さあ、まだ試験は終わっていないよ。あたしに一撃を食らわせたのは認めるが、制限時間内は試験を続けるよっ‼」

「え？　終わらないんですかっ⁉」

「最初に言ったはずだ、時間内にあたしに攻撃しろとね。あたしにどれだけダメージを与えられるかで階級が決まるんだから真面目にやりな。上手くいけば、一気に高ランクの冒険者になれる可能性があるんだよ‼」

　バルの気迫に気圧されながらも、レイトは砂時計をちらりと見る。まだ時間は半分ほど残っていた。

　レイトは、ここから先は自分の実力を試すためある程度力を解放して挑もうと決めた。

「魔法もありでしたよね？　なら……『火炎弾』‼」

「なにぃっ⁉」

　レイトが上に向けた掌から巨大な「火球」を生み出すと、その大きさにバルは驚愕してしまう。

　それでもその「火球」は、威力を抑えたものだった。レイトは、流石に本気を出したら相手を焼き尽くしてしまうだろうと思ったのだ。

　レイトは直径一メートルほどの規模で「火球」の巨大化を止め、彼女に向けて投擲する。

「これなら‼」

「ちっ、舐めんじゃないよ‼　『兜割り』‼」

　正面から接近してくる大きな火の玉に向けて、バルは両手で持った大剣を勢いよく振り、炎の塊を一刀両断した。

　バルは全身から汗を流しつつ、安堵の表情を浮かべる。

「さ、流石に今のは驚いたね……なかなかやるじゃないかい」

「いや、魔法を斬るなんて……それも剣技なんですか？」

　レイトの方もバルが魔法を斬ったことに驚いていた。

「馬鹿言うんじゃないよ。あたしの大剣はミスリル製だからね。魔法金属で作られた武器なら、魔法にも対抗できるんだよ。知らなかったのかい？」

「そういえば聞いたことがあるような……それならこれはどうですか？」

　レイトは質より量で攻めることに決め、二十個ほどの「火球」を自分の周囲に発現させる。

「えっと……散弾‼」

「あんた今、名前を決めただろ⁉」

レイトの周囲に滞空していた「火球」が、バルに向かって一斉に飛んでいく。

バルは大剣を構えて、冷静に「火球」の軌道を観察する。

そしてすぐに「火球」がまっすぐにしか飛んでこないことを見抜くと、避けることなく大剣を振り回す。

「『受け流し』‼」

彼女が発動させたのは、防御用のスキルである。

彼女は円を描くように大剣を回し、次々と「火球」を振り払っていった。

通常、「火球」は強い衝撃を受けると爆発するのだが、彼女の大剣に触れた瞬間、「火球」は強風が吹きつけたように消えてしまった。

レイトは驚きつつ、バルが自分の戦技「回し受け」と似通った技を使えることを理解する。そして彼は、休む暇を与えることなく次の攻め手に移る。

「それなら、『火炎槍』‼」

「炎の槍かい？　面白いね‼」

飛来してくる「火炎槍」を見て、バルは笑みを浮かべた。「受け流し」を解除した彼女は、炎の槍を大剣で受けると、即座に掻き消した。

しかし、一瞬だけ「火炎槍」に注意を取られたバルは正面にいたはずのレイトを見失う。

彼女は慌てて周囲を見回し、頭上に違和感を覚えた。

顔を上げると、「氷装剣」を振りかぶるレイトがいる。

「『兜割り』‼」

「うおっ⁉」

すぐさま大剣で受けるバル。レイトはすかさず手を突き出し、至近距離から魔法を仕掛ける。

「『風刃』‼」

「ぐはぁっ⁉」

三日月型の風の刃がバルの肉体に放たれる。鎧越しの衝撃だが、彼女の身体は派手に吹き飛ばされた。

「ぐうっ……くそっ‼」

だが、バルは即座に体勢を立て直す。

オークでさえ一撃で倒せる「風刃」でも大したダメージを与えられないのかと、レイトは溜息を吐く。

「うっ……流石に魔法を使いすぎた」

「はっ……あたしよりあんたの方がきつそうだね。どうする？　まだ時間は残ってるよ」

レイトは横目で砂時計を確認する。砂の残りの量から一分を切っている。

バルの位置を確認すると、彼女は試合場の隅に移動していた。レイトも「跳躍」して試合場の反対側まで移動する。

その位置で大剣を横向きに構えると、バルが声を掛けてくる。

「まだ何かする気かい？　いいよ、久しぶりの骨のある相手だからね……来なっ‼」

「あ、じゃあ……左に三歩移動してくれませんか？」

「はっ？　いや、まあ別にいいけどさ……」

微妙にバルに立ち位置を調整してもらい、レイトは「観察眼」を発動させる。自分と相手の位置をしっかり確かめると、彼は大剣を握りしめ、次の一撃を最後にするために集中する。

そして口にする。

「『回転』‼」

「はあっ？」

距離が開いているにもかかわらず、レイトは大剣を横向きに振り抜く。

彼の意味不明な行動にバルは呆れてしまったが、すぐに異変に気づく。レイトは勢いを緩めずに二回転目に入り、徐々に距離を詰めてくる。

「うおおおおおっ‼」

「ちょっ……⁉」

三回転目で最初の回転の時の倍の速度となり、四回転目でバルの目の前まで接近。そして五回転目で遂に彼女にたどり着く。

「おおおおおおっ‼」

「くっ……『撃剣』‼」

大剣で受け切ることは不可能だと判断した彼女は、逆に攻勢に打って出た。

両腕の筋肉を膨張させ、全身全霊の一撃を叩き込む。

二人の大剣の刃が衝突した瞬間、凄まじい金属音が響き渡り、試合場を取り囲む柵に振動が走った。


試合場の上で、大の字になって倒れるレイト。

その様子を、左腕を押さえたバルが見ている。彼女の足元には、ひび割れたミスリル製の大剣が転がっていた。

周囲に散らばる「氷塊」の欠片に、視線を向けながらバルが言う。

「……あたしが勝ったのは武器の差だね。それにしても、ここまでやるとは思わなかったよ」

「はあっ……はあっ……あの、試験は……？」

「合格だよ。ここで不合格なんて言う馬鹿がいるわけないだろ。というか、あたしも攻撃しないと約束したのに、普通にぶっ倒しちまって悪かったね。だから試験料は免除するよ」

バルはそう口にするとその場に座り込み、腕を擦りながら笑い声を上げた。

レイトは、何とか合格できたことに安堵した。アイリスと考えた当初の作戦は、目立たずに冒険者ギルドに登録することだったが。

ともかく問題はこれから先も、目立たずに行動することが重要だった。あまり目立つと、王国の人間に彼の生い立ちがばれてしまう可能性がある。

ふとレイトは、アイリスの言葉を思い出す。

『いいですか？　普通の生活を送りたいなら、CからDの階級を維持することです。S、A、Bランクの冒険者は何かと噂されやすいですから、Bランク以上にならないように注意してくださいね。普通に生活を送るなら、CかDランクで十分です』

試験でやりすぎてしまったので、レイトは今さらながら心配になっていたが、バルは腕を伸ばして彼を立たせると、意外な一言を告げる。

「あんたは今日から、Fランク冒険者だ」

「え、Fランク？」

「不満かい？　まあ、確かにあたしにここまでの傷を負わせたあんたなら、Ｂランクでもいいんだけどね……だけど、剣の扱い方に関しては不安があるね。あんた、魔物としか戦ったことがないんだろ？」

　ミラにも言われた弱点がここでも指摘され、レイトは言葉に詰まる。

「うっ……」

「やっぱりね。冒険者という職業が魔物とばかり戦うと思ってるのなら、大間違いだよ。盗賊の討伐、商団や貴族の護衛、警備兵の代わりに街の見張りを行ったりもするんだ。強いからといって、対人戦に不安がある人間を易々と高ランクに上げるわけにはいかないのさ」

　バルの正論にレイトは黙ることしかできなかった。バルは笑みを浮かべると、ふと自分の大剣に目を留めて言う。

「……こいつは、あたしが冒険者を始めてからずっと使っている武器なんだけど。実を言うと失敗作らしいんだよ、あたしの行きつけの鍛冶屋の親父が言うにはね。頑丈さと重さを重視しすぎて、切れ味が犠牲になってるし、しかも重すぎるせいで普通の人間には扱えない……だからあたし以外に扱える人間はいないんだよ」

「え、そんなに重いんですか？」

「試しに持ってみるかい？」

興味を示したレイトに、バルが大剣を差し出す。レイトは受け取ってすぐ、重量に耐え切れずに手放してしまった。

大剣が地面に衝突した瞬間、轟音が響き渡る。

「お、重い……」

「だろうね。あたし以外にこいつを扱えるのなんて巨人族ぐらいだよ。だけど、頑丈さだけが取り柄だったこいつが見事にひび割れちまった……最後の一撃は凄かったよ」

「ど、どうも……」

レイトはそう答えながらも、なんとなく喜べない。

軽々と大剣を振り回していたことを思い出し、その怪力に改めて恐怖を抱いたのだ。試験だったため彼女は防御に徹していたが、そうでなければ彼は呆気なく負けていただろう。

バルがレイトに視線を向ける。

大剣にひびを生じさせた彼の一撃は、確かに強力だった。バルが冒険者を辞めた時に封印した必殺技「撃剣」をつい使ってしまったくらいに。

――後継者が現れた。

バルの脳裏にふとそんな言葉が響く。彼は剣士としては未熟であるが、英雄の原石かもしれない。

「なあ……確かレイトだったね。あんたは誰に剣を教わったんだい？」

「家の使用人の暗殺者に……」

「はっ⁉　使用人……暗殺者？　どっちなんだい……」

「えっと、まあ我流です」

　レイトは剣術の基礎をアリアに教わった。しかし、二刀流や大剣はレイトが独自に生み出した剣技なので、我流というのも間違っていない。

　バルは彼の答えを聞いて、納得したように頷く。

　彼の剣筋は非常に変わっていた。対人戦の経験が少ないのはすぐに分かったが、魔物には通用する技量であったのは間違いない。

　元々、「撃剣」を誰かに伝えるつもりはなかったが、バルはこの瞬間、その技をレイトに教えようと決めた。

　バルはレイトの目を見据えて告げる。

「最後にあたしがあんたに使った一撃……覚えているかい？」

「えっと……すみません。攻撃に集中しすぎてよく覚えてません」

「まあ、あんだけ剣を振り回していたらね……『撃剣』だよ」

　初めて聞く単語だったのでレイトは首を傾げる。

「戦技ですか？」

「そうだよ。といっても、人間で覚えているのはあたしぐらいだろうね」

「え、どうして？」

「そもそも大剣を扱う奴なんて人間には滅多にいないからさ。こんなでかくて重い剣を振り回すより、他に優れた武器は幾らでもあるからね……まあ、あたしの場合は、戦場にいた時からこいつしか扱っていなかったけど」

　実際、大剣のような重量のある武器を好んで使用する人間は少ない。バルのように人間離れした怪力でもなければ、重い武器は扱えないのだ。

　レイトが「氷装剣」で生み出す大剣は本物と比べると軽い。しかも彼の意思に合わせて重量を変えられる。実際の大剣は、レイトの筋力では持つことすら難しかった。

「この『撃剣』という技は、巨人族の大剣使いが使用することが多いね。だけど、あいつらは力任せに大剣を振り回しているだけさ。あたしの目から見れば、あんなの剣技とは言えないね」

「バルさんは違うんですか？」

「あたしの場合は、力任せに振り回すんじゃない……思いっきり振り回すのさ」

「え？」

　バルの言葉の意味が分からず、呆然とするレイト。

　すると彼女は大剣を握りしめて身構えた。そして、その場で大剣を正面から振り下ろす。大剣の刃が空を切る音が響く。

今の彼女の素振りを見て、レイトは何となく違和感を覚える。

考え込んでいると、バルは大剣を肩に乗せて振り向く。

「どうだい？　さっきの戦闘の時と、今の剣の素振りの違いが分かったかい？」

「……もしかして、今のは腕だけの力で振ったんですか？」

「そういうこと。大抵の巨人族はみんなこんな感じさ。腕力だけで武器を振り回す癖がある。だけど、人間のあたし達がそんな真似をしたら、腕がもげちまうだろうね。だから全身の筋肉を使って振り回すのさ‼」

そう言うとバルは勢いよく大剣を振りかぶり、今度はその言葉通り、腕だけではなく全身を使って大剣を振り下ろした。

大剣は先ほどとは比べ物にならない剣速で空を切り、衝撃波が地面を走る。

そういえばレイトも、彼女のように全身で大剣を扱っていたことに気づく。妙に納得している彼にバルが告げる。

「重い武器を扱う時に重要なのは、腕力じゃなくて下半身さ。重すぎる武器を支えるためには、足腰が大切なんだよ。その点、あんたはちゃんと鍛えているね」

「鍛えたというか……勝手に鍛えられました」

深淵の森で暮らしていたレイトは普段から「瞬脚」や「跳躍」のような下半身を使うスキルを多用し、ウルと共に森の中を駆け巡りながら獲物を狩っていた。そのお陰で、大剣を扱うために必要な下半身が鍛えられていたようだ。

　バルはレイトに笑みを向ける。

「あんたのさっきの『回転』の戦技は凄かったよ。だけど、戦闘の時にあんな派手な動作を繰り返すわけにはいかないだろ？」

「それはまあ……」

「そこで、手頃な技を教えてやろうというわけさ。あたしのように扱えるようになるかは分からないけど、少なくとも覚えておいて損はないだろ」

「それが、『撃剣』ですか？」

「そういうことさ。まあ、基本ぐらいは教えてやるよ」

　こうしてレイトはバルから「撃剣」を教わることになった。

　しかし「撃剣」は今まで彼が習得してきたスキルの中でも特殊で、習得するのに時間が掛かるようだった。

　結局、この日覚えることはできなかった。


　その後、レイトは冒険者ギルドに戻った。そこでFランクの冒険者として登録し、ギルドカードと銅製のバッジを受け取る。

　冒険者は階級に合わせたバッジを付けることが義務付けられている。E・Fランクは銅、

C・Dは銀、A・Bは金、そしてSランクはミスリルである。

レイトは、一緒に戻ってきたバルに依頼の受注の仕方を尋ねる。

「仕事はどうやって受けるんですか？」

「ああ、そこに掲示板があるだろう？　貼ってある依頼書を確認して、受付に言えばいいのさ。まあ、新人なんだから雑用から頑張ることだな」

「雑用？」

「冒険者というのは、基本的に何でも屋だよ。魔物を狩り続けるだけでいい職業じゃないからね。いい仕事が欲しければ、まずは街の人間から信頼を得ることだね」

バルはそれだけ言うと去っていった。

レイトは掲示板に視線を向け、貼り出されている羊皮紙を一つずつ確認する。

殆どの依頼が、D・Eランクの資格を持っていなければ受けられないようだ。Fランクでも受けられる依頼は一つだけだった。

「これは……ゴブリンの討伐か。これくらいなら何とかなりそうだな」

冒険都市の住民からの依頼ではなく、近くの村からのものらしい。依頼内容は、村の畑を襲うゴブリンの討伐とのことで、討伐数によって報酬が増えるようだ。

レイトは羊皮紙を剥ぎ取ると、眼鏡の受付嬢のところに持っていく。

「すみません、これをお願いします」

「あ、は～い。無事に合格したんですね、おめでとうございます。それではギルドカードを提示してください」

「はい」

レイトがギルドカードを差し出すと、受付嬢は羊皮紙に書かれている内容を確認し、手続きを済ませた。

「はい、これで問題ないですよ。それでは頑張ってくださいね」

受付嬢はギルドカードと羊皮紙をレイトに返し、彼を応援してくれた。レイトは頭を下げてそれらを受け取ると、羊皮紙に描かれた地図を頼りに現地に向かうのだった。

◆◆◆

村にたどり着いて早々、レイトは自分が初めての依頼に失敗したことに気づいた。正確には失敗ではないが、報酬を受け取れないことは間違いなかった。

というのも彼は、ナオ姫と出会ったゴブリンに壊滅させられた村に戻っていた。

「依頼を出していたのはこの村だったのか……これじゃあ、どうしようもないな」

「ウォンッ……」

ゴブリンに村が壊滅させられる前に、冒険者ギルドに討伐依頼を出していたようだが、既にこの村の人間は全滅している。もし生き残っている人がいたとしても、このありさまでは報酬を受け取れるわけがない。

「仕方ないか、依頼は諦めよう……そういえばウル、その王冠はどう？　気に入った？」

「クゥ～ンッ」

王冠というのは、街を出る前にウルの頭に被せてあげた装備である。

ウルを見て野生の魔獣と勘違いして驚く人もいたので、賞金首の報酬で購入したのだ。

最初は首輪を用意したのだが、ウルが嫌がったので、高価な王冠を買うことになったのだった。

「かなり出費したぞ。まあ、似合ってるからいいけどさ」

「ウォンッ」

そう言って溜息を吐いたレイトは、冒険都市に引き返そうとした。その時、ウルが何かに気づいたように鳴き声を上げる。

「ウォンッ‼」

「ん？　どうしたウル、何か見つけたのか？」

「クゥンッ」

ウルは前足を突き出し、勝手に歩き始める。レイトがウルの後に続いて歩いていくと、レイトの耳にも何か聞こえてきた。

「う、うわあああっ⁉」

「ウガァアアアッ‼」

「馬鹿っ‼　何をしてんだ‼　早く逃げろっ⁉」

　複数の悲鳴と、化物の叫び声が響き渡る。

　レイトとウルは、声がした場所に急いで駆けつける。そこには数人の男女がおり、巨大な緑色の巨人に一人の獣人族の男が掴まれていた。

　最初、襲っているのはゴブリンかと思ったレイトは、その魔物のサイズを見て考え直す。子供の赤毛熊並みの大きさがあり、ゴブリン以上に醜悪な顔をしていた。色合いはゴブリンよりも濃い。

　レイトは相手の正体を掴むため、アイリスと交信する。

『アイリス‼』

『そいつはトロールですね。ゴブリンと外見が似ていますが、全く違う魔物です。ブラッドベアにも劣らない膂力を持ち、武器を使う程度の知能を持っています。非常に耐久力が高い相手なので気をつけてください』

『トロール……女子トイレで迎撃しないといけないやつか‼』

『そういう映画もあるみたいですが……って、そんな場合じゃないですからっ』

　トロールは剣士らしき獣人族の男の首元を掴み、握り潰そうとしている。それを見たレイトは咄嗟に手を伸ばし、トロールの背中に向けて魔法を発動した。

「『氷刃弾』‼」

「ウギャアッ⁉」

「えっ⁉」

トロールの背中に「氷塊」の刃が突き刺さった。レイトが予想していたよりも頑丈で貫通するには至(いた)らなかったが、トロールは掴んでいた剣士の男を放す。

トロールがレイトとウルに視線を向ける。

「げほっ……だ、誰だ⁉」

「いいから早く離れろっ‼」

レイトは剣士を怒鳴(どな)りつけると、両手に「氷装剣」を発動して氷の長剣を生み出す。そのままウルの背中に飛び乗り、トロールに突(つ)っ込(こ)む。

「ウル‼」

「ウォンッ‼」

「ウガァアアアッ‼」

トロールが咆哮(ほうこう)を上げるが、レイトとウルは怯(ひる)まない。

両腕を交差して防御しようとするトロールに向かって、レイトは錬金術師(れんきんじゅつし)のスキル「形状変化」で刃に振動を加えた長剣の一撃を浴びせ掛ける。

「『旋風』‼」

「ウギャアッ⁉」

地面が血で染まり、冒険者達が声を上げる。

「嘘っ⁉」

「ト、トロールをき、斬った⁉」

振動させた刃がトロールの両腕に食い込む。切断には至らなかったが、深手を負わせることには成功した。

レイトは長剣を引き抜くと、ウルを走らせて距離を開ける。

「やっぱり、大剣じゃないと威力不足か……」

「ウォンッ‼」

獣人族の剣士が、気絶して倒れている斧使いの男を抱えながら言う。

「お、おい君、そいつは頼んだぞ‼　僕達は先に逃げる‼」

「はっ？」

当たり前のように強敵の相手を押しつけてきたことに唖然として、レイトは変な声を出してしまった。

格闘家らしき女が、血を流して倒れている魔術師の女のもとへ走る。

「アミル‼　しっかりして‼」

「諦めろリン‼　アミルはもう……」

獣人族（ビースト）の剣士が冷たく言う。しかし、リンと呼ばれた格闘家の女は首を横に振る。

「嫌よ‼　こんな、こんなこと……」

「ウオオオオオッ……‼」

突如としてトロールが怒りの咆哮を上げ、逃げだそうとする冒険者達に標的（ひょうてき）を変える。

もの凄い勢いで接近してくるトロールに獣人族（ビースト）の剣士は声を上げ、肩に抱えていた斧使いの男を落としてしまった。

「うわっ⁉　く、来るなぁっ‼」

「ダ、ダシン⁉」

「ウガァアアアアッ‼」

格闘家のリンにダシンと呼ばれた獣人族（ビースト）の剣士が腰を抜かして地面に倒れると、トロールは足を振り上げて踏みつけようとする。

そこへ、レイトがトロールの背後からウルを走らせる。

「くそっ……間に合えっ‼」

レイトは両手の「氷装剣」に、残り少ない魔力を使って補助魔法「魔力強化」を掛ける。

すると、刀身（とうしん）が冷気を帯（お）びる。

トロールの肉体は頑丈だ。しかし「氷装剣」の刃に振動を走らせれば、ダメージを与えられることは確認済みである。

　レイトはウルに乗ったまま、両手の長剣ごとトロールの背中に突っ込んだ。

「おらっ‼」

「ウギャアアアアアッ⁉」

「おおっ⁉」

　トロールの背中の皮膚(ひふ)に刺すことはできても、さらに奥までは突き入れることはできない。そこでレイトは、突き刺したままの「氷装剣」に夥(おびただ)しい冷気を流す。

　肉体内部から、トロールは徐々に凍結(とうけつ)していった。

「ウゴォオオオオッ……⁉」

「……倒したか？」

「クゥンッ……」

　レイトの目の前で氷像(ひょうぞう)と化したトロールを見て、レイトとウルは安堵の息を吐く。

　それと同時に、レイトの両手に激痛が走った。手を確認すると、掌が凍(こお)りついている。

　慌てて剣を手放して両手を「火球」の魔法で溶(と)かす。

「いてててっ……やっぱり、『魔力強化』を施(ほどこ)した『氷塊』を直(じか)に持つのは危険だな」

「ウォンッ‼」

「分かってるよ……『回復強化』」

治癒力を高めて怪我を治すと、レイトは凍りついたトロールに接近する。完全に凍りつかせたので、素材の回収は不可能そうだった。

レイトは止めを刺すために、掌をかざす。

「『火炎弾』」

トロールの肉体に向けて火炎の弾を放つ。

水分を含む物質は凍結させると硬度が落ちて脆くなるが、トロールの頑丈な肉体もその例に漏れず、呆気なく砕け散った。

「ふうっ……どうにかなったな」

獣人族の剣士ダシンと、格闘家のリンが驚きながら話し掛けてくる。

「き、君は……冒険者か？」

「私達……助かったの？　ありがとう‼　本当にありがとう‼」

「ああ、いえ……」

成り行きとはいえ、トロールに襲われていた冒険者達を救い出したことには違いない。

しかし、レイトは一生懸命だっただけなので、急に感謝されて戸惑ってしまった。

レイトを置いて逃げようとしたダシンは気まずそうだが、リンは心の底から感謝していた。

「本当に助かったわ……貴方が来てくれなかったら私達は殺されていたと思う。ちょっと、ダシンも礼を言いなさいよ‼　命の恩人なのよ‼」

「……すまない、助かったよ」

「いえ……あの、そちらの二人は大丈夫ですか？」

「そ、そうだった‼」

　倒れている斧使いの男と魔術師の女のもとに、二人は駆け寄る。

　共に重傷を負っているが、命に別状はないようだ。リンが緑色の液体が入った硝子瓶を取り出し、アミルという魔術師の女に声を掛ける。

「動いちゃだめよ……」

「ううっ……ああっ⁉」

　レイトはその液体が何なのか気になって尋ねる。

「それは？」

「回復薬よ。下位の回復薬だけど、傷の治療ぐらいはできるの」

　リンがアミルの傷口に液体を掛けた瞬間、血を洗い流すように傷口が塞がっていった。アミルの顔も心なしか安らいだように見える。

　一方、斧使いの男、ガリルはかなりひどかった。殴り飛ばされたのか、左腕が異様な方向に曲がっている。

「くそっ、ガリル、動くなよ……腕を戻すからな」

「うがぁっ……!?」

ダシンがガリルの腕を掴み、力尽くで元に戻していく。

それから回復薬を飲ませようとしたが、ガリルの意識が朦朧としているため、上手く飲んでくれない。

「くそっ、飲んでくれガリル!!　目を覚ませ!!」

見ていられず、レイトは怪我の治療を申し出る。

「あの……回復魔法を施しましょうか？」

「えっ？　本当に!?」

「た、頼む!!」

レイトはガリルの肉体に掌を押しつけて、「回復強化」を施した。

補助魔法とはいえ熟練度を限界まで高めた彼の魔法は、ガリルの怪我をゆっくりと治していく。曲がっていた腕も元に戻った。

意識を取り戻したガリルが口を開く。

「ううっ……お、俺は一体……!?」

「良かった!!　気がついたのね、ガリル」

「助かった……ありがとう」

リンがガリルを抱き上げると、ガリルはレイトにお礼を言った。

「いえ、でも大丈夫ですか？」

レイトが心配そうに尋ねると、ダシンが厳しい表情で言う。

「大分血を失っている。すぐに都市に戻って休ませないといけない。それにしても、どうしてこんなところにトロールが……」

「『猛火隊』の冒険者集団は……全滅したようね」

何のことだろうかと、レイトは聞き返す。

「猛火隊？」

「あの人達のことよ。元々、私達は彼らと共にあそこで休んでいた時に襲われたの」

そう言ってリンが指さしたのは、以前レイトが衣服類を拝借した村長の屋敷だった。村で一番大きい屋敷だったはずだが、トロールが破壊したのか今は半壊していた。

その内部は、遠目にも血の匂いが漂ってきそうなほど真っ赤で、大惨事となっているのが分かった。

ダシンがレイトに告げる。

「僕達はこの二人を都市に連れていく。君はどうする？」

「あっ。えっと、ちょっとここに用事があるので」

「そうか……分かった。だけどここは危険だ、気をつけた方が良い」

ダシンとリンは半ば意識を失っているガリルとアミルをそれぞれ抱えると、近くに停めてあるという馬車へと足を向けた。

　そして最後に、レイトに声を掛ける。

「僕達は、冒険者ギルド牙竜に所属している『赤き旗』という冒険者集団だ。何かあったら力になる」

「本当に助けてくれてありがとう‼　私達に頼みたいことがあったらいつでも言ってね」

「お気をつけて……」

　二人を見送ったレイトは、トロールの死骸に視線を向ける。不意打ちが上手くいったとはいえ、無傷で倒せたことに自分でも驚いた。

「まともに戦っていたらやばかったな。ブラッドベアより頑丈だったし」

「ウォンッ‼」

「といっても、こいつをどうするか。特に役立ちそうな部位はないしな」

　技能スキル「観察眼」を発動させてトロールの死体を見てみると、爪も牙も欠けており、歯は全て虫歯で売り物になりそうになかった。

　トロールの肉はオークと違って食用には向いてないようで、ウルも匂いを嗅いだだけで嫌がるように離れてしまう。

「残念だけど、こいつからは何も回収できないね……一応、頭だけ持っていくか。お金になるかは分からないけど、討伐した証にはなるかな」

「クゥンッ」

レイトはトロールの頭を拾い上げると、収納魔法を発動させる。生物は収納できないが、死骸の場合は別なので、トロールの頭をその異空間に収めた。

それから彼は、村長の屋敷に視線を向ける。屋敷の中で死んでいるという冒険者集団「猛火隊」の様子を窺おうと思ったのだが……

「うっ……酷いな」

早速たどり着くと、屋敷の中ではおそらく四人の男女が死んでいた。

首をへし折られた者、頭部を踏み潰された者、身体を引きちぎられた者、逃げようとして窓に足を掛けたところで背骨がへし折られた者の四名だ。

『アぁイリスぅっ……』

『なんでホラー風に呼ぶんですかっ……どうしました？』

『この人達はどうしたらいい？』

『冒険者の死体ですか……』

冒険者として登録した際に、今回のような事態の対処法は習ってはいた。一応確かめるために、アイリスと交信を行ったのだ。

『冒険者集団で誰かが死んだ場合、所有物の権利は生きている冒険者集団メンバーに移ります。ギルドへの報告はメンバーが行うことになりますね。単独の冒険者が死んでしまった場合は、発見した方がギルドへ報告します。所有物はギルドが預かることになりますけど、発見者には相応の報酬を与えられますよ』

『全滅しちゃってるから、全員のバッジを回収すればいいのかな？』

『そうです。あ、でもさっき、所有物はギルドが預かるって言いましたけど、大抵の人間はギルドに報告する前に死体の遺品を漁るんですよ』

『え、そんなこと認められるの？』

『難しいところですが、ギルドも黙認しています。剥ぎ取られた証拠が残っていても、魔物が奪ったことにしちゃえばいいだけですからね。人間の道具に興味を抱く、ゴブリンのような魔物も少なくありませんし』

『酷いな……だけど、それが当たり前なのか』

『そういうものみたいですね。レイトさんも、ギルドも黙認していることですし遠慮なく回収したらどうですか？　以前だって洞窟内に残されていた他人の遺留品を勝手に使ってたじゃないですか。死んだ人間の物なんですから、貰ってもばちは当たりませんよ』

『むうっ……』

アイリスの説明は納得できるものの、レイトは悩んでしまう。

ひとまず彼は、四人の冒険者の死体を確認することにした。

冒険者集団は、剣士、格闘家、魔術師、斧使いとさっきの「赤き旗」と同じ構成だった。

それぞれの職業に合わせた装備品を身に着けており、入手するのが難しいと思われる装備品もあるようだった。

「防具は全部駄目だな……トロールの攻撃に耐え切れなかったんだな」

周囲には粉々に砕けた鎧と盾が地面に散らばっており、レイトはトロールの凄まじさを改めて感じた。

「武器だけ貰っておこうかな……ごめんなさい」

手を合わせて冒険者の死体に謝罪し、レイトは地面に落ちている杖と剣を回収する。

魔術師が使用していたと思われる杖は折れていたが、先端に付いていた火属性の魔石は無事だった。魔法の効果を高める魔石は貴重品で、かなり高額で取引される。

レイトは収納魔法を発動して、それを異空間に回収しておいた。

「おっ、こっちは魔法金属製の剣かな？」

剣の方も壊れており、刀身と柄が離れた状態だった。

刃が宝石のように輝いていたので、アイリスに尋ねてみる。すると、バルが持っていた大剣と同じミスリル製だと判明した。

『どうやら小髭が作った剣のようですね。刃は長年酷使しすぎていて、もう使えないです。元々は、使用者の家に伝わる宝剣でしたけど、武器頼りの戦い方のせいで限界が訪れたみたいです。あ、でも、柄の方はまだ使えそうですよ。世界樹の素材を使っているみたいですし』

『世界樹？』

『この世界の誕生から存在していると伝わる、巨大な樹木の名称です。森人族の首都に存在する巨木ですよ。世界樹から採取できる枝は、様々な武器の素材として使われています』

『へえ……どんな効果があるの？』

『魔法に対して強い耐性を持っています。並の魔法金属とは比べ物にならないほど頑丈ですから、貴重品ですよ』

『そうなのか……』

レイトは世界樹で作られているという柄を見る。

ミスリル製の刃は錬金術師の能力ではどうしようもないが、柄の方は活用できそうだ。

柄を回収して、刃も一応持っていこうかと考えた時――

屋敷の外から、ウルの警戒するような鳴き声が響き渡る。

「ウォンッ‼」

「どうした⁉」

レイトが外に飛びだすと、目の前に緑色の巨人が現れた。

即座に彼は、「氷装剣」を発動させる。

「ウガァアアアッ‼」

「くそ、まだいたのか⁉」

「グルルルッ……‼」

レイトとウルの前に姿を現したのはトロールだ。

先ほど倒した個体より頭一つ分大きい。新たに現れたそのトロールは、仲間の死体を踏みつけながらにじり寄ってくる。

レイトはウルを呼び寄せ、「氷塊」の大剣を構える。

一方トロールも手に大剣を握っており、先ほどの個体のように近づくのは危険そうだった。

「……ウル、お前だけでどうにかできそう？」

「クゥンッ……」

レイトの問い掛けにウルは首を横に振った。

ウルは獣であるからこそ、相手との力量差を的確に見抜く。自分だけで戦える相手ではないと判断し、ウルはレイトの傍に移動した。

トロールの身長は、巨体の多い魔物の中では決して大柄ではない。それでも異様な威圧感があり、実際の体格よりも大きく感じられた。

レイトが慎重に一歩前に出る。

「ウル、危なくなったら援護(えんご)はよろしく」

「ウォンッ‼」

「ウホホッ……‼」

トロールが突如として、ゴリラのように胸元を叩きながら雄(お)たけびを上げた。

レイトは後退りそうになったが、後ろには湖しかない。正(まさ)に背水(はいすい)の陣(じん)であり、逃げ場がなかった。前に進むことを決めたレイトは、「跳躍」のスキルを発動させる。

「行くぞっ……うわっ⁉」

「ウォンッ⁉」

「フゥンッ‼」

レイトが仕掛ける前にトロールが動き、大剣を振り下ろす。

咄嗟にレイトは地面を転がって回避すると、刃が地面に衝突して轟音が響き渡った。何かが爆発したかのような振動が走る。

まともに受ければ死は避けられない。レイトはウルに指示を出す。

「ウル‼」

「ウォンッ‼」

「ウガァッ⁉」

ウルはトロールの頭部に向けて飛び掛かり、鋭利(えいり)な牙を敵の首筋(くびすじ)に走らせる。

トロールの首から血飛沫が上がった。だが、頑丈な皮膚のせいで皮一枚切っただけらしい。もちろん致命傷には至らない。

しかし、トロールが煩わしそうにウルに視線を向けた瞬間、隙が生まれた。

レイトは身体を起こし、氷の大剣を振りかざす。

「せいっ‼」

「ウオッ……⁉」

レイトの大剣とトロールの大剣が衝突して金属音が響く。トロールの大剣はただの鋼鉄製らしく、「氷装剣」を受けただけで刃こぼれを起こした。

「ウガァアアアアッ‼」

「うわっ……『回し受け』っ‼」

トロールが剣を持っていない方の拳を突き出してきたので、レイトは先日のバルのように大剣を回転させて受ける。

トロールの拳をそのまま別方向に流し、レイトは体勢を崩した相手に蹴りを入れた。

「このっ‼」

「アァッ……？」

腹部に踵を入れたのに、ダメージを受けた様子はない。

それどころか、レイトの踵の方が痛い。彼がしたのは、鋼鉄の板を力任せに蹴りつけたようなことだった。

普通の打撃ではトロールにダメージを与えられないと思ったレイトは、至近距離から魔法を発動させる。

「『火炎弾』‼」

「ウガァアアアアアッ⁉」

トロールの肉体に爆炎の塊が当たり、巨体は数メートル吹き飛んだ。

レイトは大剣を握り直して距離を取り、相手の様子を窺う。「火炎弾」は、彼が使える火属性の魔法の中で最も高い威力を誇る。

トロールは立ち上がると、全身の炎を振り払って咆哮を上げる。

「グゥウッ……ウオオオオッ‼」

「化物め……」

トロールはオークと同様に火属性に弱いのは間違いないのだが、軽い火傷しか負っていなかった。

レイトは冷や汗をかきながら、氷の大剣に視線を向ける。

素の状態ではダメージを与えるのは難しいと判断したレイトは、「筋力強化」を発動して身体能力を限界まで上昇させた。

さらに「形状変化」で、大剣の刃を超振動させる。

「行くぞっ‼」

「ウガァアアアッ‼」

レイトは大剣を手に駆けだし、トロールも同時に動きだす。

振動させたことで大剣の切れ味は最大限にまで引き上げられている。レイトは、トロールの頭部に向けて大剣を振り払った。

「はぁあああああっ‼」

「ウオッ……⁉」

だが、レイトが大剣を振りかざした瞬間、トロールは危険を察知して立ち止まって、右腕で頭部を庇った。

レイトの振り下ろした氷の大剣の刃が右腕に衝突する。

先ほどは簡単に鋼鉄の皮膚に刃を弾き返されたが、振動させた刃はトロールの右腕に食い込み、一瞬にして斬り裂いた。

「ウギャアアアアッ⁉」

「まだ、まだぁっ‼」

悲鳴を上げるトロールに、レイトは大剣を引き抜いて、今度は頭部を目掛けて突き出す。

しかしトロールは後方に転がり、レイトの大剣は空振りしてしまう。

「くそっ……『兜割り』‼」

「ウガァッ⁉」

地面に倒れたトロールに向かって、レイトは上段から大剣を振り下ろすが、トロールは咄嗟に地面を転がって回避する。

「くぅっ……逃がすかぁっ‼」

「ウガァアッ……⁉」

そのまま逃げようとするトロールを追い掛けながら、レイトはバルから教わった「撃剣」を使おうと考える。

「ガアアッ‼」

「ウオオッ⁉」

ウルがトロールの足に噛みつき、トロールの動きを止める。

レイトはその隙を見逃さず、大剣を振りかぶる。そうしながら彼は、バルの助言を思い返した。

『いいかい？「撃剣」は全身の筋肉を利用して大剣を振り下ろす剣技だ。巨人族は腕力だけでそれができるけど、非力な人間にはそんな真似はできないからね。腕だけじゃなく、足や腰を利用して振り抜くんだよ。別に難しく考える必要はない、全力で剣を叩きつけるだけでいいんだ』

『あんたが私との戦闘で使った「弾撃」だっけ？　あれは格闘家の技術スキルだね。私も見たのは初めてだけど……全身を回転させながら打撃を打ち込むんだろ。ということは、既にあんたは全身の筋肉を利用した攻撃法が身に付いているということさ。それなら「撃剣」だって簡単に覚えられるよ』

『但し、あんまり「撃剣」を過信するんじゃないよ。発動に成功すれば相手に強力な一撃を与えることができるけど、失敗すれば隙だらけになるからね』


レイトが勢いよく踏み込む。

そして動けないトロールに向けて、「回転」を発動させる時のように、無意識に全身を捻りながら大剣を振り下ろした。

「うおおおおおおっ‼」

「ウガァアアアアッ⁉」

全ての筋肉を利用して、大剣を振る。

トロールは残された片腕で防ごうとするが、大剣は凄まじい速度で叩きつけられる。


〈戦技「撃剣」を習得しました〉

「ウギャアッ……!?」

トロールの腕が空中に舞い上がった。

レイトの視界にスキル習得画面が表示される。それと同時に、大剣の刃が赤色に染まった。だが、刃が斬ったのはトロールの腕だけで、胴体までは届いていない。

レイトは力を使いすぎて意識を失いかけたが、大剣を地面に刺して身体を支える。そこへウルが鳴き声を上げた。

「ウォンッ‼」

「っ……!?」

ウルの声で意識を取り戻したレイトは、両腕を失ったトロールを見る。そうして彼は大剣を持ち替え、重力をコントロールするスキル「重撃（じゅうげき）」を発動させた。

彼の掌に紅色の魔力が迸（ほとばし）り、大剣が一気に引き抜かれると、舞い上がった土砂（どしゃ）がトロールの目を潰す。

「『重撃』っ‼」

「ギャウッ!?」

その隙を逃さず、レイトは「重撃」のスキルを発動したまま大剣を振り上げた。

そして、彼が最も得意とする戦技を発動させる。

「『回……転』‼」

「ウギャアアアアアッ⁉」

重力を乗せた大剣を振り回し、トロールの肉体に斬り掛かる。

鋼鉄にも匹敵するトロールの頑丈な肉体が、上半身と下半身に切り裂かれる。同時に、大剣がひび割れて砕け散った。

「うわっ……⁉」

「ウォンッ‼」

倒れそうになったレイトにウルが駆け寄り、彼の身体を背中で支える。

レイトの前で、トロールの巨体が上下に分かれて頽れていく。その光景を見ながら、ようやく彼は自分が勝利したことに気づいた。

「やった……けど、きつい」

「クゥ～ンッ……ペロペロ」

「あはは、ありがとうな」

ウルがレイトの顔を舐めている。彼はウルの頭を撫でながら、トロールが落とした大剣に視線を向けた。

その大剣は、先ほどの攻防で柄の部分が折れ、刃だけになっていた。

そこでふと、レイトは思いつく。回収した世界樹製の剣の柄と、この大剣の刃を組み合わせることはできないだろうか。

疲れていたものの、彼は早速試してみることにした。

「おっ……魔法金属と違って、スキルが通じるのか」

魔法金属は通常、錬金術師の能力は受けつけない。しかし、世界樹は魔法金属並の性能を誇るとはいえ木製なので、彼でも扱うことができた。

レイトはトロールの大剣と、世界樹製の柄を組み合わせる。


〈専用スキル「接合」を習得しました〉


「うわっとと……」

彼の視界に、新しいスキルを習得したことを示す画面が表示された。

それからレイトは、新しい柄が取り付けられた大剣を両手で持ち上げ、素振りをしてみた。そうして柄と刃がしっかり付いているのを確認すると、彼は冒険者達の死体からバッジを回収した。

ひと仕事終え、レイトは溜息を吐く。

「それにしても、まさか初めての依頼がこんなことになるなんてな……はあ、疲れた」

「クゥ～ンッ」

「今日はもう帰ろうか。新しい武器も手に入ったし、これで満足しとこう」

こうしてレイトは、黒虎に戻るのだった。

◆◆◆

結果として、今回の依頼は失敗に終わった。

依頼人が死亡していた時点で、そもそも仕事として成立しないのだ。失敗という結果だったが、レイトの責任ではないので、依頼取り下げとなり記録には残らなかった。

とはいえ、ただ働きだったというわけでもない。助けた冒険者集団（パーティ）「赤き旗」が黒虎を訪れ、仲間を治療してくれた礼金を持ってきてくれたのだ。

その際、彼は今回の騒動の経緯（けいい）を教えてもらった。

村に現れた二体のトロールは、実は「赤き旗」と「猛火隊」が依頼を引き受けて捜索（そうさく）していた魔物だった。

二体のトロールは野生ではなく、とある貴族が飼っていたものらしい。飼い始めた頃は子供だったが、大人になって面倒を見きれなくなり、野生に放したようだ。

人間に育てられていたとはいえ、瞬（また）く間に野生に適応した二体のトロールは、いくつもの村々を襲って大きな被害を出した。

そこで、牙竜の冒険者集団（パーティ）「猛火隊」と「赤き旗」に調査依頼が来る。

トロールを追跡（ついせき）しているうちに、レイトが訪れた廃村（はいそん）にたどり着いた彼らは、屋敷の中で休憩（きゅうけい）を取っていた。

襲撃を受けたのはその時だった。

結果、「猛火隊」は全滅。

「赤き旗」もあわやというところで、レイトが駆けつけたのだった。

彼らは、レイトに依頼の褒賞金（ほうしょうきん）の半額である、金貨五枚をくれた。

最初の依頼は達成できなかったが、人助けをしたことで、思わぬ大金を手に入れたのだった。

2

レイトが冒険都市を訪れて数日経（た）った。

実は現在、彼は冒険者ギルドの宿舎で暮らしている。この宿舎は、下位の冒険者だけが利用することを許されていた。

当初、レイトは宿屋を利用するつもりだった。しかし、冒険都市を観光客が大量に訪れる時期だったので、満員で入れなかったのだ。

観光客が大量に訪れている理由は、来月、狩猟祭が行われるため。

この祭りには、冒険都市の全冒険者ギルドが参加し、冒険者達が腕を競う。都市内に放たれた魔物を、各ギルドから選出された冒険者達が討伐するのだ。

より多くの魔物を倒した冒険者ギルドが優勝となり、そうなれば王国から多額の援助金が約束される。さらに、最も功績を上げた冒険者は一つ上の階級に昇格する権利が与えられる。

ただしこの祭りに参加できるのは、Cランク以上の冒険者だけ。なので、レイトには関係なかった。

ともかくそんな事情で観光客が冒険都市に殺到しており、レイトはお金に余裕があるにもかかわらず、冒険者ギルドの宿舎の厄介になっていた。

「ふうっ……朝から飲むジュースは美味い」

ギルドにある酒場で朝食を取っていたレイトは、依頼を受けることもなくのんびりと過ごしていた。

これまで彼は、深淵の森で魔物と戦い続ける日々を送ってきた。久しぶりに人間らしい生活を送れるようになったので、それを満喫していたのである。

　だが、毎日だらだらとしている彼に、バルは呆れてしまう。

「いや、あんたね……せっかく冒険者になったんだから働いたらどうだい？　いくら大金を手に入れたからといって怠けすぎだよ」

「あ、ギルドマスター……」

　流石に痺れを切らしたバルは、一枚の羊皮紙を手にレイトに近づく。

「ほら、たまには働きなっ‼　新人が最初にやる仕事はこれがお似合いだよ‼」

「……採取？」

　バルが机の上に置いたのは、掲示板に貼り出されていた依頼書だった。

　レイトが内容を確認すると、それは、深淵の森の屋敷にいた時に育てていた、三日月草と呼ばれる薬草の採取依頼だった。

「三日月草、三十個の採取か……報酬は銀貨三枚？」

「妥当な値段だね。どこにでも生えている薬草だけど、三十個ともなると探すのは面倒だからね。ほら、飯を食ったらさっさと行ってきな。終わるまで帰ってくるんじゃないよ」

　バルがそう厳しく言うと、レイトはニヤリと笑う。

「ふっ……甘く見ないでください、ギルマス。この程度の依頼ならすぐに終わらせますよ」

「ギルマスって……そんな風に呼ばれたのは初めてだよ」

依頼書を手に取り、レイトは立ち上がる。

バルは、やっと働く気になったのかと思ったが、何故かレイトは建物の出入口ではなく、受付嬢のいる受付に向かっていく。

「すみません、依頼を達成したので確認お願いします」

「あ、は～い。えっと、薬草の依頼ですね。依頼品を提示してください」

「はい」

レイトは受付嬢に依頼書を手渡すと、収納魔法を発動して、深淵の森に暮らしていた時に回収していた三日月草を三十個取り出した。

受付嬢は品物を確認すると、報酬の銀貨三枚を彼に手渡す。

「どうぞ～」

「ありがとうございます」

レイトは無言のまま立ち尽くすバルを素通りすると、先ほどまで座っていた席に戻った。そして額の汗を拭う。

「ふうっ……今日もよく働いたなぁっ」

「あんた、あたしに喧嘩売ってんのかいっ‼　最初から持っていたなら早く言いなっ‼」

「おっと」

バルに後ろから小突かれそうになり、レイトは頭を伏せて回避する。

背後からの攻撃を簡単に躱したレイトに、彼女は驚いた表情を浮かべたが、すぐに大きな溜息を吐き出す。

「あんたね……もう少し真面目に取り組もうとは思わないのかい？」

「真面目に考えた結果、行動したんですよ。依頼書に指定された品を持ってるのなら、そのまま提出しても別に問題ないでしょ？」

「いや、まあ、そうだけどさ……」

「じゃあ、用事があるので今日は失礼します」

レイトはそう言ってジュースを飲み干すと、呆れるバルに一礼して立ち去った。

そうして彼は、トロール戦で入手した大剣の試し斬りをするために、人気のない場所に向かっていた。ギルド裏の訓練場でも構わないのだが、他の人間に見られると不都合がある。

そう考えた彼がやって来たのは、先日、盗賊達に襲われた空き地だった。

「ここなら問題ないか。人の気配は感じないし……実験開始」

レイトは背負っていた大剣の柄を持ち上げると、大きく素振りしてみた。

「氷装剣」で生み出した大剣よりも重量があるが、問題なく扱えそうだった。そのことを確認すると、続いて彼は錬金術師のスキルを大剣に施すことにする。

「えっと……確か、炭化タングステンが金属の中で最も硬いんだっけ？」

レイトは転生前の知識を思い出しながら、「金属変換」を発動させる。

大剣を構成する金属が、この世界には存在しない炭化タングステンに変換されていくのを色の変化によって確認すると、今度は耐久性を上げるために「物質強化」を施す。

「これでよし……うわ、重いな」

物質が強化されたことの影響で重量が大幅に増えてしまったが、レイトは腕力を強化する「剛力」の技能スキルを所持しているので問題はない。

一通り作業を終えると、レイトは異空間に大剣を仕舞った。

外に出しておくとスキルの効果が切れてしまうため、必要な時以外は異空間に収めることにしたのだ。異空間内なら時間の影響を受けない。

「これで魔物を狩ってみたいな」

新しい武器の具合を確かめるため、レイトは都市の外に赴くことにした。すると、路地の奥から物音が聞こえてきた。

そこにあったのは箱で、中に何かが入っているようだった。

「木箱？　猫でも紛れ込んだのか？」

箱は、人間一人が入れるほどの大きさである。

不思議に思ったレイトは蓋に手を伸ばす。中を覗くと、予想外の光景が広がっていた。

「何が入って……えっ⁉」

「……ん～っ‼」

木箱の中にいたのは、手足をロープで縛られ、口を布で猿轡された少女である。レイトと同世代ぐらいの年齢だった。

「大丈夫ですか⁉」

レイトは少女を木箱から担ぎ上げると、すぐにロープと猿轡を解いて自由にしてあげた。木箱に閉じ込められていたことで汚れているが、特に外傷はないようだ。

「ぷはっ……死ぬかと思った」

彼女の髪は水色で腰元まで伸び、顔立ちには幼さが残っている。

瞳の色はサファイアのような碧眼。身長はレイトと同程度だが、その肉体は豊満で風船でも詰めたような大きな胸が目立った。

身に着けているのはスクール水着のような奇妙な服で、少々目のやりどころに困る感じだ。このまま連れていくのは問題があるかもしれない。

レイトがそんな心配をしていると、さっきまで箱詰めされていたのが嘘のように少女は笑みを浮かべて言う。

「……ありがとう、危うく出荷されるところだった」

レイトは挨拶もそこそこに、急いで彼女を連れてその場から離れることにした。

どうして木箱に詰められていたのかは気になったが、この場所にいるのは危険だと考えたのだ。ひとまずレイトは空き地に戻りながら尋ねる。

「あの……どうして木箱の中に入ってたんですか？　まさか人攫いにあったんじゃ……」

「……分からない。目が覚めたら木箱の中に詰め込まれていた」

「詰め込まれていたって……」

どうやら本人もよく知らないらしい。

レイトに助け出されるまで、ずっと木箱に閉じ込められていたらしかった。彼女は丁寧に頭を下げるとお礼を言ってきた。

「助けてくれてありがとう。私の名前は……コトミン。貴方の名前は？」

「コトミン……俺の名前はレイトだよ」

「レイト、いい名前」

「ウォンッ‼」

「こっちはウル、見ての通り可愛い狼だよ」

「ウル……確かに可愛い」

「クゥ〜ンッ」

ウルが鳴き声を上げると、コトミンは微笑んだ。その笑顔が優しそうでレイトは少しキュンとしてしまった。

ボーッとしそうになったもののレイトは頭を振って切り替え、彼女に質問する。

「それより君は……」

「おいっ‼　見つけたぞっ‼　こっちに逃げてやがった‼」

彼女が答える前に、背後から男の怒声が響き渡った。

レイトとコトミンが振り向くと、そこには刺青を腕に刻んだ大男が立っていた。大男はコトミンを見つけた瞬間に表情を歪め、腰に差していた短剣を抜き取った。

「ちっ、逃げられると思ったのか‼　てめえを売り捌いて、俺は真っ当な人生を送るんだ‼」

「なっ……逃げろっ‼」

レイトが声を張り上げる。

「っ……⁉」

咄嗟に少女を庇うようにレイトが前に飛びだすと、男は怒鳴り散らす。

「おいガキィッ‼　てめえが俺の獲物を盗んだのか⁉　そいつの正体を知ってんのか⁉　おい、こっちだ‼　早く来いっ‼」

大男に続いて、路地の向こう側から複数の男がやって来る。

「見つけたかっ‼」

「逃がすなっ‼」

レイトはこのままではまずいと判断し、すぐさまコトミンの身体を抱きかかえる。そして勢いよく空中に「跳躍」した。

「逃げるよっ‼」

「わあっ……」

「ウォンッ‼」

「「なあっ……⁉」」

レイトはコトミンを抱えて近くの建物の屋根の上へ飛び、ウルも彼の後に続く。

男達は慌てて追い掛けようとするが、既にレイト達は次々と建物の屋根を駆け抜け、さらに遠くへ移動していた。

「もう一度行くよ‼」

「おおっ……凄い」

「ウォオンッ‼」

レイトはコトミンをお姫様抱っこした状態で屋根の上を移動し続けていた。

「な、なんだ⁉」

「狼⁉」

下の方で歩いている人達が彼らに気づいて声を上げる。

それからしばらく逃げ続け、空き地から大分離れたところまでやって来た。

「ふうっ……ここまで来れば大丈夫」

レイトがそう呟くと、彼に抱きかかえられたコトミンが後方を見て口にする。

「……そうでもないみたい」

「待ちやがれっ‼　ガキども‼」

背後から響き渡ったのは、男の声である。

レイトが振り返ると、虎の耳と尻尾を生やした男が屋根の上を飛び跳ねて、今にも彼らに迫ろうとしていた。

「あいつ……獣人族か‼」

「うおおっ‼」

盗賊の中には、普通の人間よりも運動能力が優れている獣人族がいたらしい。

獣人族の男が、レイト達の立つ建物の屋根に向かってくるが、レイトはそのタイミングを見計らい、冷静に魔法を放つ。

「『風圧』」

「うわあっ⁉」

「あっ……」

男が屋根に着地しようとしたその瞬間、レイトの掌から強風が生み出された。無防備な跳躍中に体勢を崩された男は、そのまま地面に落下してしまった。

「ぎゃああっ⁉」

突然空から落ちてきた獣人の男に街の人々が群がる。

「うわあっ。な、何だ⁉　空からむさいおっさんが落ちてきたぞ‼」

「おい、大丈夫か、おっさん‼」

「生きているか、おっさん‼」

街道は大きな騒ぎとなっていた。その様子を屋根の上から確認したレイトは、コトミンを抱えてさらに移動する。

「今のうちに行こう。それにしても屋根の上まで追い掛けてくるとは……」

「ふっ……モテる女は辛い」

「ウォンッ……」

コトミンの冗談にウルが呆れた表情を浮かべた。

それからレイト達は屋根の上を走り続け、さらに高い建物に向けて「跳躍」する。だが、そのままでは届かないと判断し、レイトは魔法を発動させた。

「『氷塊』‼」

空中に生み出された氷の円盤を足場にして、レイトはさらに「跳躍」する。以前、屋敷から抜けだす際に利用した方法である。

ともかくこうして彼らは、人気のない橋の上にたどり着いた。

「ここなら大丈夫かな……ほら、降りて」

「むうっ……もうちょっと空を飛びたかった」

　レイトがコトミンを降ろすと、彼女は少し不満そうに頬を膨らませていた。

　屋根の上を駆け抜けるのが気に入ったようだが、実はレイトはもう限界で、人間一人を抱えた状態で駆けるのはきつかった。

　レイトが橋の上から川を覗き込むと、澄んだ水面にたくさんの魚が泳いでいるのが見えた。川とはいえかなりの深さがあるようだった。

「綺麗な川だな。魚釣りには絶好の場所みたい」

「クゥンッ……」

「どうしたウル、初めて川で遊んだ時のことを思い出したのか？」

　そう言うレイトに、ウルは何か言いたげな表情を浮かべる。その隣で川を見つめるコトミンは、何故か涎を垂らしていた。

「美味しそう」

「えっ？」

「ちょっと泳いでくる」

「はっ⁉」

　橋の上からコトミンは身を乗り出し、なんと彼女はそのまま川に飛び込んでしまった。

コトミンは飛び込みの選手のように華麗に入水し、そのまま音も立てずに水中に潜り込む。

さらに彼女は途轍もない速度で移動し、海豚のように空中に飛び出す。

「とうっ」

「ええっ⁉」

「ウォンッ⁉」

彼女が水中から飛び出した瞬間に、水中から魚が弾かれ、橋の上に落下した。数は二匹で、コトミンは川の中から顔を出すと、レイトに声を掛けた。

「それはお礼、受け取って」

「受け取ってって……この魚？」

「ガウッ‼」

コトミンの言葉を聞いたウルが即座に魚に噛りつく。レイトも戸惑いながらも魚を拾い上げた。それを見たコトミンは満足げに頷き、水中から飛び上がって橋の上に降り立った。

「着地っ」

「うわっ⁉」

「ウォンッ⁉」

水飛沫が派手に飛び散り、雨のようにレイトとウルの身体に降り掛かる。

レイトとウルが唖然としていると、コトミンは気持ちよさそうに身体を伸ばし、彼らを両手で抱きしめた。

「助けてくれてありがとう。ん～……」

「ちょっ……!?」

「クゥンッ……?」

コトミンはレイトの頬に口づけし、ウルにも同じように口づけした。

彼女のいきなりの行動にレイトは戸惑ってしまった。

コトミンは満足そうな表情を浮かべると、再び川に飛び込む。

「またね」

「あっ!?」

コトミンはそれだけ告げ、川の中に潜って姿を消してしまった。

慌ててレイトは彼女の姿を探すが、既に立ち去った後だった。「観察眼」を発動しても彼女の姿は見つけられない。

彼の手には、彼女がくれた魚が握りしめられていた。

◆　◆　◆

それから服を乾(かわ)かした彼は、再び空(あ)き地に戻ってきた。そして、先ほど遭遇(そうぐう)した男達がいないことを確認すると、アイリスと交信を行う。

『アイリス、結局、あの子は何で捕まっていたの？』

『あの女の子のことですよね？　まあ、良かったじゃないですか、あんなに可愛い女の子と知り合えて』

『いいから、彼女が捕まっていた理由を言え』

『はいはい、彼女を誘拐（ゆうかい）したのは、この都市に住んでいる盗賊です。盗賊といってもただの小悪党ですが』

人攫いを生業（なりわい）としているというその盗賊達は、現在も街中を探し回っているらしい。レイトが現場に戻ってくるとは予想しておらず、ここにはいなかったが。

『人攫いか。じゃあ前みたいに、捕まえて冒険者ギルドに突き出せばいいの？』

『いいえ。王国の警備兵に突き出した方がいいですね。賞金首の時みたいにお金は貰えませんけど。とりあえず彼らは牢屋（ろうや）送りは免（まぬが）れませんね』

『そっか、ともかく捕まえておくかな。面倒事は避けたいけど』

『でも、その必要はないですね。ちょうどいい具合に、この都市に例の王女様が再訪してますから』

『ナオが？』

冒険都市に、ヴァルキュリア騎士団が戻ってくるらしい。彼女達は、ある重要人物の捜索のために、冒険都市に戻ってくるとのことだった。

アイリスが予見した未来によると、彼が遭遇した小悪党もいずれ彼女によって捕まるのだという。

『レイトさんが何もせずとも、近い将来にあの小悪党達は捕まる運命です。だからここは大人しく彼女に任せましょう』

『そうなのか……分かった』

レイトはアイリスの提案を受け入れて交信を切ると、裏路地から街道に出ようとした。

その時、不意に空き地から人の気配を感じる。

彼が振り返ると、先ほどまでは誰もいなかったはずだが、全身をフードで覆い、背中に大きな袋を背負った人物が立っていた。

レイトは咄嗟に隠密と気配遮断のスキルを発動して身を隠す。

フードを纏った人物の身長は子供のように小さい。しかし、小髭族の可能性もあるため侮れない。

レイトが身を隠しながら観察していると、謎の人物は周囲を窺い……

「『転移』」

「っ……!?」

少女の声が響き渡り、空き地の地面に魔法陣が浮かび上がる。

レイトが驚愕していると、フードの人物を中心に魔法陣が発光していき、一瞬、閃光のように強い光を放った。

視界を奪われたレイトは目を覆うが、光が収まると魔法陣の上に立っていた人物は姿を消していた。

『今のは……アイギス!!』

『技名みたいに叫ばないでください。一文字違いますし……今のは転移魔法陣と呼ばれる高等魔法です。魔術師の職業の中でも60レベルにならないと覚えることができません』

アイリスとの交信を一旦切ったレイトは、空き地に移動して地面を調べる。

魔法陣が浮き上がったのは間違いないが、何も残っていなかった。レイトは姿を消したフードの人物を思い出す。

『アイス!!』

『もう名前ネタもネタ切れ感がありますね。いい機会ですから、次からは普通に呼んでくださいよ』

『ちぇっ、それよりさっきの人間のことを教えてよ』

『う～ん……』

彼女にしては珍しく即答せず黙り込んでいる。レイトがさらに尋ねようとすると、先にアイリスの方から口を開く。

『今の人のことを教えるのは構いませんけど、知ったところでどうしようもありませんよ』

『え、どういうこと?』

『不用意に関わると危険な相手……とだけ言っておきましょうか』

『意味深だな……分かったよ』

納得できなかったものの、レイトはひとまず忘れることにした。

アイリスとの交信を切った彼は、誰にも見られていないことを確認すると、色々あって後回しになっていた本来の目的を果たすことにした。

レイトは収納魔法を発動し、大剣を取り出す。

「あ、そういえば、剣に名前付けてなかったな……よし、アイリス剣と名付けよう」

『やめてください。何となくですけど、退魔刀でいいんじゃないですか?』

「あれ? 交信してないのに、アイリスの声が聞こえたような……まあ、いいか」

アイリスの声(?)の通りに、退魔刀と名付けた。

ついでに刃の形を「形状変化」で変えることにする。刀身が長すぎると持ち運びに不便なので、背中に掲げても地面に刃が触れない程度に縮小した。

ちなみに、この大剣は「氷装剣」のように振動させられない。それでも重量があるので、トロール相手でも問題なく斬り裂くことができる。

レイトは新しい戦闘法を思いつく。

「重さはこの大剣の魅力だけど、やっぱり重すぎるな……あ、そうだ。『重撃』のスキルで軽くできないかな？」

レイトは掌を刃に添え、重力を操作するスキル、「重撃」を発動してみた。

手を通して紅色の魔力が大剣へ流れ込み、刀身全体を魔力が覆う。

〈技術スキル「重力剣」を習得しました〉

「おおっ、成功した。これもスキルなのか」

魔力で退魔刀の重さを操作できるようになったらしい。これで、振り抜く時は軽くして、相手に攻撃を加える瞬間だけ重くするといった使い方ができるようになった。

「こいつは便利だな」

レイトは新しく覚えた「重力剣」を試すため、発動させたまま連続で戦技を発動させてみることにした。

「『兜割り』‼　『旋風』‼　からの『回転』‼　最後に『撃剣』‼」

退魔刀を振り回す度に、凄まじい風が巻き起こる。特に、全身の筋肉を利用する「撃剣」を発動させた時は、突風のような風が発生した。

続けてレイトは退魔刀を片手持ちにし、もう一方の手に「氷装剣」の長剣を出現させた。

「ふうっ……きついな」

もう少し素振りをしようと思っていたが、大剣を片手持ちにした瞬間、魔力を大分消耗したことに気づく。彼はその場に座り込んでしまった。

「重力剣」の魔力消費は、彼が考えていたよりも激しかったようだ。レイトはふと思いつき、アイリスと交信する。

『アイリス』

『どうしました？　今、アルバムの整理中なんですけど……』

『そういうネタはいいから……そろそろSPを消費して魔力を増やすスキルを覚えない？』

『なるほど、確かにそうですね』

SPというのは、消費することで新しいスキルを身に付けられるポイントのことで、レベルが上がるごとに1ポイント手にすることができる。

先のトロール戦でレベル41になった彼のSPは、40ポイントあった。

これまでレイトがSPで獲得したのは、固有スキル「魔力回復速度上昇」のみ。レベル1の時に、元から持っていた1ポイントを消費してそのスキルを習得している。

ちなみにSPの消費量は、SPを消費して覚えたスキルの数によって変化する。また、自分の職業に適したスキルでない場合、消費量が膨大になるという制約がある。

レイトの場合で言えば、適性のある魔術師のスキルなら初めての習得で消費量1ポイント。次の消費量は2、三つ目の習得の際は3となる。このようにスキルを習得する度に1ポイントずつ消費量が増加する。

　魔術師以外の職業のスキルの場合、ＳＰの消費量は10ポイントと一気に増える。ただしこの数値は固定で、いくら習得しても変化しない。

　また、ＳＰを消費してスキルの強化をすることも可能。熟練度の限界値の拡張もできる。

『今回は「魔力容量拡張」のスキルを習得しましょうか』

『「魔力容量拡張」？』

『そのまま、魔力の容量を増幅させるスキルです。これがあればレイトさんの魔力は増加しますし、既に持っている固有スキル、「魔力回復速度上昇」とも相性がいいですよ。今のレイトさんならきっと扱えるはずです』

『分かった。あ、この「十文字斬り」というスキル格好いい‼』

『ちょっと‼　言ったそばから余計なスキルを覚えようとしないでください！　しかもそれ、剣士のスキルじゃないですか‼』

　そんなこんなで紆余曲折あったが、結局アイリスの言葉通り、「魔力容量拡張」のスキルを習得することになった。なおこのスキルは常時発動する固有スキルであるため、熟練度の項目は存在しない。

『二つ目の習得だからSPを2消費するのか……残りは38と』

『さらに「魔法威力上昇」も覚えておきますかね。文字通り、攻撃や回復の魔法を強化できますよ』

『へえ～』

指示通りにレイトは、固有スキル「魔法威力上昇」も習得し、SPを3消費した。残りのSPは35となる。

大胆にSPを使ってしまったが、固有スキルは自力で習得するのが難しいため、決して悪い消費の仕方ではない。

『まだ残ってるけど、どうする？』

『この際、レイトさんのスキルを強化しときましょうか』

『強化……熟練度の上限を上げるとか？』

『それも悪くないですけど、今持っている固有スキルを強化しましょう』

またしても言われるがままに、SPを消費してスキルの強化を試す。

なお、強化の際に消費するSPは5に固定されている。消費量がかなり多いので少々勿体ないように思えたが、勢いで彼は実行してしまうことにした。


【固有スキル】

魔力回復速度上昇【レベル：2】
魔力容量拡張【レベル：2】
魔法威力上昇【レベル：2】

スキルの表示画面に「熟練度」とは違う、「レベル」という項目が表示されている。

レイトが質問する前に、アイリスが教えてくれる。

『固有スキルの場合は「熟練度」の代わりに「レベル」として表示されます。レベルが上昇すれば通常の熟練度よりも効果は高いです』

『それは凄い』

『だけど、お陰でSPが20まで減ってしまいましたね。どうします？　まだスキルを覚えたいですか？』

『腕力を上昇させたいな……「剛力(ごうりき)」のスキルを強化できる？』

『無理ですね。強化できるのは、持っている職業に見合ったスキルだけです』

SPを利用したスキルの強化にはそうした制約があるようだ。仕方なくレイトは他のスキルを確認する。

『じゃあ、持っているスキルの強化は諦めよう。新しく習得するとしてさ、腕力を上昇させるスキルはないの？』

『それなら、「剛腕（ごうわん）」という技能スキルがあります。格闘家がレベル50で覚えるスキルですけど、効果は剛力よりも高いですよ』

『「剛腕」か……俺も覚えられる？』

『SPを消費すれば覚えられますけど、10も消費するんですよ？　一気に半分近くのSPを失ってまで覚えたいですか？』

『むう……諦めるか』

レベルは30を越えてから上がりづらくなっている。安易（あんい）にSPを消費できないと考えたレイトは、「剛腕」の習得を諦めることにした。

「さてと、効果を確かめよう」

アイリスとの交信を終え、レイトは地面に突き刺しておいた大剣を握りしめる。そして支援（しえん）魔術師の戦技「筋力強化」を肉体に施して持ち上げる。

固有スキル「魔法威力上昇」の効果なのか、片腕だけで大剣を持つことができた。

「おおっ……じゃあ魔法の方はどんな感じかな？　『氷刃弾』‼」

今までよりも大きな「氷塊」の刃が出現した。

魔法の威力が強化されていることを確認したレイトは、ふと身体が楽なことに気づく。

先ほどまで魔力を消耗しすぎて疲れていたはずなのに。

「『魔力容量拡張』と『魔力回復速度上昇』のお陰か……これなら簡単に魔力切れは起き

ないかな」

体内に魔力が満ち溢れる感覚を覚えながら、レイトは握り拳を作る。

だが、彼は魔法の強化しかできていなかった。身体能力も高める必要があると考えた彼は、今後は鍛錬の量を増やすことを決める。

「対人戦の経験が少ないか。やっぱり誰かに剣の指導を受けないとダメかな」

レイトに剣術を教えてくれる人間の心当たりはバルだけだ。しかし、ギルドマスターの彼女は多忙なため、冒険者一人の指導に時間を割けない。

レイトはアイリスと交信する。

『アイリスたん』

『どうして今さらたん付けを……でしたらそこは、アイたんでいいですよ。それよりどうしました？』

『この都市で、俺に剣を教えてくれそうな人はいる？　道場とかあったらいいんだけど』

『道場は一応ありますけど、レイトさんのように大剣を扱う人の指導ができるのは、バルぐらいですね。他に大剣を扱えるのは、殆どが巨人族ですし……』

巨人族の剣士は技術よりも力を重んじる。小手先の技よりも、圧倒的な力で敵を粉砕するのを好むのだ。そのため、巨人族には人に指導できる技量を持つ者は存在しなかった。

レイトが困っていると、アイリスが告げる。

『あ、ですけど、人間以外に教わる方法もありますよ』

『人間以外？　どういうこと？』

『魔物ですよ。魔物から剣を教わるんです』

『……いや、言っている意味が分からないんだけど』

戸惑うレイトに、アイリスは続ける。

『魔物の中には、人間のように武器を扱う個体も少なくありません。レイトさんも武器を持つゴブリンやオークに遭遇したことがあったでしょう？　そうした魔物は武器を使うだけではなく、武器の技術を身に付けています』

『なるほど……でも、魔物に教わるのは無理じゃない？』

『馬鹿正直(しょうじき)に、魔物に向かって武術を教えてと頼むわけじゃありませんよ。要は、経験を積(つ)むのです。武器の心得を身に付けた魔物を狩り続ければ、レイトさんの技術も上昇するというわけです』

『そうなんだ。何となく言いたいことは分かったけど、一体どんな魔物と戦うの？』

『ゴブリンです。例の村のことを覚えてますか？』

レイトは最初に訪れた廃村のことを思い出した。

あの村を滅(ほろ)ぼしたのは、人間のように武装したゴブリンだったと聞かされていた。実はその被害は現在でも増加し続けているらしい。

この武装ゴブリン討伐のために、第一王女ナオ率いるヴァルキュリア騎士団が動いていたが、ゴブリンの消息さえ掴めていなかった。冒険者ギルドも武装ゴブリンの調査をしていたが、同様だった。

しかし、世界の全てを知り尽くすアイリスは分かっている。武装ゴブリンの居場所も、彼らの隠れ家、正確な個体数までも。

アイリスが、秘密を打ち明けるように告げる。

『武装ゴブリンは野生ではないんですよ。彼らは魔物使いが育てたんです』

『魔物使い？　確か、魔物を仲間にできる職業だっけ？』

『正確には、魔物を従わせる契約魔法を扱える職業ですね。契約魔法は魔物使いしか使えない魔法で、契約に成功すればどんな魔物も従わせられますよ』

『へえ。ということは、魔物使いがゴブリンを使役して、村を襲ったりしていたんだね』

『そうなりますね。それに単独犯ではなく、五人が動いています』

レイトは唖然としてしまう。

『どうしてそんなことを……』

『王国と敵対している組織の仕業です。王国は様々な闇組織に恨まれているんですが、特に旧帝国に所属していた人間に深く憎まれています』

『帝国？』

『かつて人間の領土に存在していた国です。人間の領土には、レイトさんの先祖が建国したバルトロス王国の他に、武力で民衆を支配していたバルトロス帝国があったんです』

遥か昔、人間の領土を治めていたのは王国ではなく、バルトロス帝国だった。

帝国は、度重なる戦によって民衆に大きな負担を与えていた。酷使された民衆は帝国に歯向かおうとしたが、逆らう人間は悉く惨殺されたという。

しかし、バルトロス帝国の十三代目の皇帝の息子は、圧政に苦しむ民衆を見捨てられなかった。

バルトロス王国は、そんな彼によって建国される。大勢の民衆が彼に従い、軍部の者さえ彼のもとに集まった。

当然、帝国を治めていた第十三代皇帝は子の反逆に怒る。

こうして、王国と帝国との戦争が勃発する。

軍事力から見れば帝国の圧勝だったが、政治状況が王国の味方をした。帝国よりも御し易いと判断した周辺各国が王国側に付いたのだ。

王国は帝国を滅ぼすことに成功し、帝国の皇帝は討たれ、皇族は処刑された。

しかし、処刑から逃れた血縁者が存在する。彼らの子孫は数百年を経ても王国を憎み続け、帝国の再建を企んでいた。

彼らは自らを旧帝国と名乗り、王国を陥れるために様々な活動を行っていた。

アイリスから一通り説明され、レイトは告げる。

『ゴブリンを使役している魔物使いが、その旧帝国（エンパイア）の人間なの？』

『そうなりますね。ですが、実際のところ、本気で帝国を再建しようとしている人間は二十人もいないと思います。彼らは魔物使いを集めて魔物の軍隊を作ろうとしたようですが……力の弱いゴブリンしか従わせられなかったようです。まあそれでも脅威（きょうい）ですが』

『オークやコボルトの方が、ゴブリンよりも強いんじゃないの？』

『ゴブリンは頭がいいんですよ。人間の言葉を理解し、人間の装備を着けるのを嫌がらない。オークやコボルトは鎧を嫌がりますからね』

『そういえば、前にナオがゴブリンナイトとか言ってたけど、そういうこと？』

村を襲撃したゴブリンに身体が大きな個体がいると伝えた時に、ナオはそう口にしていた。とはいえ装備を着けただけで「ナイト」というわけでもなさそうだ。

『前にも説明しましたけど、ゴブリンナイトはゴブリンの上位種ですね。ゴブリンは他の魔物の肉を食べることで大きく成長します』

『なるほど……だけど、そんなやばい奴ら、俺一人でどうにかできるの？』

『流石にまとめては無理でしょうね。だけど、作戦を立てていけばどうにかなります。剣技を学ぶということでしたが、せっかくの機会なので五人の魔物使いをどうにかしましょう』

『五人か……』

『幸いというべきか、五人とも別々の場所に潜伏(せんぷく)しています。あまり大人数で動くと王国軍に気づかれる恐れがあるので相手も慎重です。だけど、私の前では全てが無意味‼　どこに隠れようが把握(はあく)できます‼』

そう言うアイリスの声は、自信に溢れていた。

『居場所を王国軍に知らせたら、報奨金とか貰えそうだけど……』

『あ、そうですね。でも確かな証拠を掴まないと王国軍も動きませんし、そもそもレイトさん、貴方は王国に追われている立場じゃないですか！』

アイリスの言う通りであった。

何故だか乗せられるままに、レイトが魔物使いを倒すことが決まったところで、アイリスが告げる。

『あっ、それと、魔物使いの潜伏先に向かう前に、食料と飲料水を大量に用意した方が良いですよ』

『え、なんで？　余計な荷物を持つのは嫌なんだけど……』

『収納魔法があるんだから関係ないですよ。調味料と調理器具も忘れないでくださいね』

「……？」

◆ ◆ ◆

数日後、アイリスの助言通りに準備を整えたレイトは、ウルと共に都市を離れた。

彼女が最初に指定したのは、冒険都市から東にあるイミル鉱山の採掘場、イミル炭鉱である。

普通の馬なら二日は掛かる距離だが、ウルなら数時間で到着できる。休憩を挟みながら、レイトは鉱山に向かっていた。

「あそこか。鉱山というより、ただの岩山だな」

「クゥ～ンッ」

草原を疾走するウルの背の上で、レイトは岩山を視界に捉える。

アイリスの情報通り、草原の中に巨大な岩が聳え立っており、火山のように中央部が凹んでいた。採掘場はそこにある。採掘場といっても既に鉱石の類は掘り尽くされているが。

このイミル炭鉱には複数の魔物が棲み着いており、人間は滅多に近づかない。

アイリスによると、旧帝国所属の魔物使いの一人がここを拠点としており、ゴブリンの集団の一部を棲まわせているとのことだった。

「ウル、ここから先は気を引き締めろ」

「ウォンッ‼」

レイトの言葉にウルは頷き、彼らはイミル炭鉱に向けてさらに歩を進める。

岩山といっても元々は人間が管理していたので、道は整備されている。レイト達は道に迷うこともなく山道を登り続けた。


「危険度の高い魔物はいないね……ウルの良い餌場だな」

「ウォンッ‼」

襲ってきたオークを倒したレイトが大剣を背中に戻すと、ウルがそのオークの死骸を食らった。

生肉よりも火で炙った肉の方が好みだが、今は調理する時間はない。レイトは水筒を取り出して水分を補給する。

暗殺者のスキルを使用すれば魔物に気づかれずに移動できる。しかしそれでも、ウルは発見されてしまうので、レイトは戦闘を繰り返しながら山頂を目指した。

鉱山にはゴブリンやオークが生息しており、どちらも危険度は低いが数が多い。そのため、ここを訪れる冒険者は普通、冒険者集団を組む。

レイトがぼやくように言う。

「俺とウルだけだとやっぱりきついな……深淵の森でもこんなにたくさんの魔物と遭遇しなかったよ」

　地面に転がった無数のゴブリンの死体に視線を向けたレイトは、大剣にこびり付いた血液を振り払った。ウルも食事を終えて彼のもとに戻り、二人は移動を再開した。

　誰も見ていないので、レイトは深淵の森に暮らしていた四年の間に覚えた狼語（犬語？）でウルに話し掛ける。

「がうっ‼　がううっ‼（食いすぎだぞお前‼）」

「ウォンッ‼（だって、お腹減ってたもん‼）」

「わうっ‼　わぉんっ‼（だからって食べすぎだよ‼　飯抜きにするぞ‼）」

「クゥ～ンッ（そ、それだけは……‼）」

　雑談しながら移動し、遂に山頂部にたどり着いた。

　この岩山の山頂は元々は尖っていたが、百年ほど前に隕石が落ちた影響で、山頂が陥没したらしい。そのため、火山のように中央部が凹んでいる。

　不思議なことに、隕石が落ちた後にミスリルが発掘されるようになった。

　王国はこの場所に炭鉱を作り、その切っ掛けとなった隕石の名前「イミル」から、この山を改めて命名したらしい。

「ここが採掘場か……もう夜になったな」

　レイト達が採掘場に到着した時には既に夕方を越えて夜を迎えていた。

それにもかかわらず、採掘場は非常に明るかった。既に誰も使用しなくなったのに灯りが存在したのだ。

レイトは暗殺者のスキルである「隠密」「無音歩行」「気配感知」「気配遮断」を発動させた。

それからさらに、移動速度を高める「瞬脚」、暗闇の中でも昼間のように周囲の光景を把握できる「暗視」を発動させる。

『アイリしゅっ』

『最後噛みましたね？　ドジっ子属性のスキルまで身に付けたんですか？』

『そんなスキルいらないよ……ターゲットを見つけた。指示を頼む、オタ○ン』

『誰が、オ○コンですか』

採掘場の様子を見ながら、レイトはアイリスと交信を行う。

彼の視線の先には、松明を持ったゴブリンがいた。

普通のゴブリンよりも大きく人間のサイズほどある。そのゴブリンは、王国軍の兵隊の鎧、兜、武器を身に着けている。

その他にも武装ゴブリンはおり、全部で十体程度であった。

付近に魔物使いらしき姿は見えないが、彼らが冒険都市近辺の村や町を襲撃しているゴブリンであることは間違いない。彼らは周囲を警戒して、採掘場の見回りを行っている。

『こいつらが例のゴブリンか……確かにただものじゃなさそうだ』

『いい経験値稼ぎの相手ですよ。魔物使いの方は炭鉱の方にいるみたいですね。なので、気づかれる心配はありません。さあ、ちゃちゃっとぶっ倒しちゃいましょう』

『簡単に言うなっ』

レイトは交信を終えると、立ち上がって無言でウルと視線を交わす。

まずは、集団から離れて見回りをしているゴブリンを狙うと決め、レイトとウルは移動する。

「ギギィッ……」

「ギィッ‼」

見回りのゴブリンは二体で、片方が眠そうに欠伸をすると、もう片方がそれを注意して鳴き声を上げた。

どちらも槍を持ち、胴体には鎧、両腕に鉄甲をはめている。

レイトはゴブリンに気づかれないように、背後から一気に近づく。

「ギィッ⁉」

「ギイイッ？」

ゴブリンの一体が気づき、後方から迫るレイトに視線を向ける。

しかし、レイトは「気配遮断」の能力で存在感を極限まで消している。ゴブリンが完全に認識するまでに多少の時間が掛かる。

その隙に、レイトは「氷装剣」を発動して「氷塊」の短剣を生み出し、自分に視線を向けてきたゴブリンの頭部を貫いた。

「『刺突(しとつ)』」

「グギィッ⁉」

「ギィッ⁉」

兜の隙間(すきま)から短剣を突き入れると、ゴブリンは頭部を貫かれて絶命した。

その異変にもう片方が気づいたが、即座にレイトは「投擲」のスキルを発動。引き抜いた短剣を投げつける。

「グギャッ⁉」

「ふうっ……」

「ウォンッ」

鳴き声を上げそうになったゴブリンの眼球に短剣が突き刺さり、完全に死亡した。地面に倒れそうになった二体のゴブリンの身体を、レイトとウルが支える。物音は立てていない。他のゴブリンも気づいていないようだった。

レイトは二体のゴブリンをゆっくりと地面に下ろし、次の標的を探す。

「よし……今度はあいつらだ。さっきよりも数が多いぞ」

「クゥンッ……」

別の場所で三体のゴブリンがいるのを確認すると、レイトはウルに声を掛けて接近する。先ほどの方法では相手に気づかれる恐れがあるので、次は力尽くで倒そうと決意した。

「ウル、十秒後に思いっきり鳴き声を上げろ」

「ウォンッ」

「頼んだぞ」

そう言ってウルを残したレイトは、「跳躍」のスキルを発動させる。

一気に三体のゴブリンとの距離を縮めた彼は、収納魔法を発動して、退魔刀を取り出す。

そこへ——

「ウォオオオオオオンッ‼」

ウルの咆哮が響き渡った。

その場にいた全てのゴブリンが鳴き声に気を取られる。その隙を逃さず、レイトは三体のゴブリンに接近した。

「『兜割り』‼」

「グゲェエエッ……⁉」

事前に補助魔法「筋力強化」で身体能力を上昇させていた彼は、ゴブリン一体に向けて大剣を振り下ろす。

兜や鎧を身に着けていたが、大剣の重さで一気に叩き斬った。

転生前の世界で最強の硬さを誇る金属に変換させ、「物質強化」で耐久力を上げた退魔刀が、ゴブリンを左右に両断する。

二つに切断された仲間を見て、残りのゴブリン達が動揺した。さらにレイトは次の攻撃を仕掛ける。

「『回転』‼」

「「グギャアアアアッ⁉」」

レイトは身体を回転させながら大剣を振り、ゴブリン二体を吹き飛ばす。鎧を身に着けていても退魔刀の一撃を耐えることはできず、彼らは上下に切断され倒れた。

レイトは残りの炭鉱の出入口の前にいたゴブリンに視線を向けると、「跳躍」のスキルを発動して駆けだす。

「ギィイイイイッ‼」

ゴブリン達が怒りだし、武器を構え始める。

レイトは退魔刀を抱えながら、先に仕掛ける。

「『旋風』‼」

「ギャアッ⁉」

「ギイイッ‼」

炭鉱の出入口の二体のゴブリンに、レイトは大剣を横薙ぎに振り払う。

一体は大剣に吹き飛ばされたが、もう一体は地面に伏せて攻撃を躱した。

レイトは普通のゴブリンでは反応できない速度で攻撃を仕掛けたはずだが、イミル炭鉱のゴブリン達は通常のゴブリンよりも手ごわいらしい。

さらに他の個体が動きだす。

「ギィイイッ‼」

「グギィッ‼」

「ウォオンッ‼」

両手に短剣を構えた二体のゴブリンが大剣を大振りしたレイトに襲い掛かろうとする。

しかしそこへウルが駆けつけ、体当たりをくらわして吹き飛ばす。

地面に伏せていたゴブリンが、長剣でレイトの足元を振り払う。

「ギャアッ‼」

「『風刃』っ‼」

レイトは足元に向けて、魔法「風刃」を発動する。

ゴブリンは至近距離からの風に吹き飛ばされ、傍にあった岩に身体を打ちつけて血を吐いた。頑丈な鎧でも、衝撃の全てを防ぐことはできない。

「ガアアッ‼」

「ギャアアッ⁉」

「ギィイッ⁉」

ウルはゴブリンの首元に食らいつき、そのゴブリンを別のゴブリンに叩きつける。

レイトは最後の一体となったゴブリンに視線を向ける。その個体はこれまで倒したゴブリンよりも頭一つ分身長が高く、筋肉質な肉体だった。

「ウギィイイイッ‼」

「うわっ……でかいな」

実際の大きさはそうでもないはずだが、ブラッドベアのような威圧を感じた。

即座にレイトは、目の前の相手がゴブリンナイトだと気づく。

ゴブリンナイトは大剣を背負っていた。その大剣はバルの物と同様に魔法金属製らしく、刃の部分が輝いていた。

ゴブリンナイトの持つ大剣は水晶材でできている。水晶材は硝子と酷似しているが、硬度は鋼鉄さえ遥かに上回り、魔法に対する耐性が高い。

レイトは退魔刀を握りしめて、大剣を持つゴブリンナイトと正面から向き合う。そして、ほぼ同時に動きだす。

「はああっ‼」

「グガァッ‼」

レイトとゴブリンナイトの大剣が衝突し、激しい金属音が響き渡った。双方共に身体全体に衝撃を受けて後退り、驚愕の表情を浮かべる。

ゴブリンナイトは自分よりも小柄な人間に力で押し返されたことに驚いていた。レイトの方も、オーガ並みの力を感じさせたゴブリンナイトの膂力に動揺した。

腕力だけならゴブリンナイトの方が上だが、レイトは全身の筋肉を使って大剣を振っているので、ゴブリンナイトと良い勝負ができた。

ゴブリンナイトは怒り、大剣を振り回す。

「ウギイイイイッ‼」

「くっ‼」

何度も大剣を叩きつけてくるゴブリンナイトの猛攻を、レイトは辛くも受け切った。

彼にとって武器を扱う魔物と戦うのは初めてではない。

しかし、このゴブリンナイトはこれまでの武器を扱う魔物とは違っていた。力任せに剣を振っているわけではなく、人間の剣士の動きを真似ているようであった。

「グガァッ‼」

「うわっ⁉」

ゴブリンナイトは鍔迫り合いの状態から押し返し、レイトを後退させた。

そして、レイト目掛けて右足を突き出す。

咄嗟にレイトは柄で受けようとするが、巨大なゴブリンナイトの足を完全には防げず、吹き飛ばされてしまう。

「あいてっ⁉」

「グギィイイッ‼」

スキル「受身」「頑丈」のお陰でダメージは最小限に抑えられたが、レイトが体勢を整える前にゴブリンナイトは大剣を振り下ろしてくる。

「ウギィイイイッ‼」

「『回し受け』っ‼」

だが、レイトは咄嗟に大剣で受け、回転して横に流した。ゴブリンナイトの大剣がレイトの真横の地面に突き刺さる。

ゴブリンナイトの気が逸（そ）れた隙を逃さず、レイトは大剣を構える。

「『撃剣』‼」

「グキャアアアッ……⁉」

全身の筋肉を利用し、さらに回転を加えた一撃を、前屈（まえかが）みのまま動けずにいるゴブリンナイトの首を目掛けて放った。

刃が鮮血（せんけつ）に染まると同時に、ゴブリンナイトの首が地面に転がる。

レイトは息を荒（あら）らげながら大剣を振り払った。

こうして、レイトはゴブリンナイトの討伐を終えた。彼は大剣を背中に戻すと、一息ついてから坑道（こうどう）に入る。

ウルを引き連れて、炭鉱の内部を移動する。坑道の天井には、火が灯（とも）されたランタンが取り付けられていた。

「誰かがいるのは間違いないか……ウル、人間の匂いはある？」

「ウォンッ‼」

ウルが地面に鼻を擦（こす）りつけ、人間の匂いを探す。

即座にウルはそれを嗅ぎつけ、走りだした。レイトは周囲を警戒しながらウルの後に続く。

坑道は巨人族（ジャイアント）も通れるように造（つく）られているので道幅（みちはば）が大きく高さも十分であり、レイトが大剣を振り回しても問題なさそうだった。

「クンクンッ……ウォンッ‼」

「声が響くからもうちょっと声量は抑えろ……こっちか」

「クゥンッ……」

レイトは慎重に坑道を進み、「気配感知」のスキルを発動して敵意を抱く生物が存在しないか確認しながら歩く。

やがて鋼鉄製の扉を発見した。ウルが扉の前で立ち止まり、扉の中に人らしき匂いが続いていることを前足で示す。

　レイトはウルに頷くと、アイリスと交信を行う。

『アイリス』

『大丈夫です。扉を開けて中に入ってください』

　レイトは扉の取っ手に手を伸ばし、罠が仕掛けられていないことを確認してから扉を開ける。

　扉を開いて彼が最初に気づいたのは、死臭だった。

「これは……⁉」

「グルルルッ……‼」

　部屋には、無数の檻が設けられていた。部屋の左右に並べられた檻の中には、ゴブリンの子供の死骸が散乱している。

　その光景に、レイトは深淵の森で自分とウルを助けてくれた子供のゴブリンを思い出してしまい、口元を押さえた。ウルがそんな彼を心配したように擦り寄ってきた。

　レイトは自分自身を安心させるように呟く。

「大丈夫だ……大丈夫、平気だよ」

「クゥンッ……」

「行こう……」

檻の中を調べるため、レイトは檻の中に入った。

死体は殺されてから既に数日は放置されていたようだ。腐敗したゴブリンの死体を見て、レイトは吐き気を覚えつつ、比較的綺麗な死体を発見する。

「これは……まだ血が固まっていない」

そのゴブリンの地面には、血溜まりが広がっていた。

傷口を調べると、それは刃物の類によって付けられたものではなく、鈍器で殴られた跡だというのが分かった。

「拷問されたのか？」

「クゥ～ンッ」

ゴブリンは全身の骨が折られており、腕や足が歪な方向に曲がっていた。牙も数本引き抜かれており、爪が剥がされている。

人間ならばともかく、人語を話すことができないゴブリンを拷問に掛けても情報など入手できないだろう。レイトはゴブリンを拷問した人間の行動に疑問を抱く。

それから彼は、魔物使いが施したであろう契約魔法の痕跡がないか、ゴブリンの死体を見て回ることにした。

魔物使いが魔物を使役する場合、魔物に契約紋を刻む。しかし、檻の中の死骸には契約紋らしき印は付いていなかった。

『アイリス‼　ここで何が起きた？』

『その檻の中を見ましたか？　これが旧帝国のやり方です。ゴブリンを捕まえて拷問し、人間に対する憎しみを植え付けます。強い憎しみを抱いたゴブリンは獰猛になり、人間が相手ならば自分の死さえも恐れずに襲い掛かる。ですが、殆どのゴブリンは拷問に耐え切れずに死亡します』

『何で、こんなことを……』

『旧帝国もゴブリンしか従えられない魔物使いに失望してるんですよ。だから、せめて強いゴブリンを生み出そうとしてるんです。ゴブリンはどれだけ人間に憎しみを抱いても、契約紋を刻んだ相手には逆らえません』

『……むかつくな』

　レイトは交信を終え、悔しげに拳を握る。こんな酷いことを平気でやってのける輩に嫌悪感を抱き、壁に拳を叩きつけた。

　ゴブリンの死体はどれも、苦悶の表情を浮かべていた。

「ここには誰もいないのか……」

「ウォンッ‼」

　ウルが牢獄の奥の壁に駆け寄り、前足で指し示した。

　レイトがその壁に視線を向け、「観察眼」の能力を発動させると、煉瓦製の壁の一か所に色違いがあることに気づく。赤色の壁が一か所だけ黄色になっていた。

レイトは慎重に掌を伸ばして煉瓦に触れる。奥に押し込めるようだ。

「隠し通路か？」

煉瓦を奥まで押し込んだ瞬間、天井から鉄の梯子が落ちてきた。どうやら上の階があるらしい。

「梯子……ウル、お前はそこで待ってろ」

「クゥ～ンッ……」

「何か起きたら鳴き声を上げろよ」

「ウォンッ‼」

レイトがウルを見張りに残して梯子を上ろうとした時、彼の「気配感知」のスキルが発動する。彼の頭上から、何者かが接近しているらしい。

咄嗟にレイトは「跳躍」のスキルを発動して後方に移動する。

すると上の階から巨体が大きな音を立てて地面に降り立った。その巨体は舐めるようにレイト達を見つめると、ゆっくりと告げた。

「ああんっ……なんだぁっ？　お前達はぁっ……」

「……人、間？」

「グルルルルッ……‼」

レイトとウルは後退る。

その大男は銀色のマスクを被っており、体格はオークのように肥えている。手には巨大な鉈が握られ、全身が血まみれだった。

仮面の隙間から血走った目を見せつけて、その大男は言う。

「お前ら……どこから来たぁっ？　ここは俺の家だぞぉっ」

「家……ここが？」

「そうだぁっ……この廃坑全部が俺の家だぁっ‼　俺の家から出ていけぇっ‼」

大男は鉈を振りかざし、そのままレイトの頭に振り下ろす。

レイトは咄嗟に背中の大剣に手を伸ばすが、引き抜く暇はない。彼は急いで背を向けると、背負った大剣の刃で大男の鉈を受け止めた。

「おらぁっ‼」

「うぐぅっ⁉」

レイトは壁際まで吹き飛ばされてしまう。

そこへ、レイトを守るようにウルがやって来て、牙を向けて大男に噛みつこうとする。

大男は鉈を掴んでいない方の手を懐に突っ込むと、茶色の粉末を放った。

「うらぁっ‼」

「ギャンッ⁉」

「はっはっはぁっ……そいつは魔物の糞を磨り潰した粉だぁっ。おめえみてえな犬コロには効くだろぉっ？」

嗅覚の鋭いウルはその刺激臭に耐え切れず、地面に転がって悶える。

しかしウルのお陰で隙が生まれた。レイトは大男の背中に向けて拳を構えると、手に紅色の魔力を迸らせて打ち込む。

「『重撃』‼」

「うおおおっ⁉」

重力を乗せた拳を受けて、大男は檻に向かって倒れた。レイトは殴りつけた拳の感触に違和感を覚え手を見つめた。

人間の肉体とは思えないほど、嫌に柔らかい感触だったのだ。

「いでででぇっ……何すんだこの野郎ぉっ……‼」

大男は何事もなかったように立ち上がる。レイトの拳は、オークやコボルトでさえ一撃で倒せるというのに効いていないらしい。

牢が並べられたこの部屋は大剣で戦うには狭すぎる。そう考えたレイトが、魔法で追撃しようとしたその瞬間――

天井から何かが落下してきた。

「グギィッ……」

「えっ……」

落ちてきたのは、ゴブリンの子供だった。

全身が切り刻まれたそのゴブリンを見た大男は、面倒そうに頭を掻く。

「あんっ？　……ちっ、まぁだ生きてやがったのかぁっ」

レイトは、この瞬間全てを理解した。

牢獄に閉じ込められていたゴブリンを拷問したのは、目の前の大男だ。この大男が鉈でゴブリン達を殴りつけ、切り刻んでいたのだ。

レイトは、怒りで声を震わせ尋ねる。

「……お前、何なんだ、いっ、一体」

「俺かぁっ？　俺はバジル……魔物使いのバジル様だぁっ」

「魔物使い……お前が？」

レイトは、魔物使いは魔術師と似たような奴らだと思い込んでいたが、目の前の男は予想と全く違って化物のようだった。

「ギイイッ……!!」

「うわっ……!?」

バジルと対面したレイトが動けずにいると、ふいに足首を掴まれた。

傷だらけのゴブリンの子供が掴んだのだ。そして何かを伝えようと口を開くが、血を吐いてしまう。その様子にレイトは、ブラッドベアから自分を救ってくれたゴブリンのことを再び思い出す。

苦しみ悶えるゴブリンにすがりつかれ、レイトは歯を食いしばった。

「……ごめんなっ」

「ギイッ……」

「っ‼」

レイトは大剣を引き抜くと、そのままゴブリンの首に突き刺した。

既にゴブリンは手遅れ（ておく）の状態だった。彼にできるのは、ゴブリンがこれ以上苦しまないように、止めを刺してあげることだけだったのだ。

命を絶（た）たれたゴブリンがぐったりと倒れる。

「おいっ‼　お前ぇっ……おいらの下僕（げぼく）を殺したなぁっ……」

「……下僕だと？」

「そうだぁっ……そいつはあと少しで、おいらの下僕になるはずだったんだぞぉっ」

「何で……何でここまで痛めつけた？　仲間にしたいんなら痛めつける必要はないだろ」

「あん？　そんなのお前ぇっ……えっと、何でだっけぇっ……ああ、確か、ゲイン様が痛めつければもっと強くなると言ってたようなぁっ……」

「ゲインね、誰か分かんないけど、まあ、アイリスに後で聞けば分かるか」

「あぁっ？」

「ともかく、お前は……こっちでぶっ倒す」

そう言ってレイトは収納魔法を発動して大剣をしまうと、握り拳を作った。そして紅色の魔力を迸らせる。

バジルは、自分よりも圧倒的に小さい彼の身体が急に巨大化したように感じ、背筋を震わせた。

「な、なんだぁっ……お前ぇっ……素手でおいらとやり合う気なのっ……!?」

「それ以上、喋るな」

レイトが「隠密」と「気配遮断」と「無音歩行」のスキルを発動すると、バジルの目には彼の姿が一瞬だけ消えたように見えた。

その隙に、レイトは「筋力強化」を発動して拳を叩きつける。

「ふんっ‼」

「ごはぁっ⁉」

最大限にまで身体能力を強化させたレイトの拳がバジルの腹部にめり込む。さっきと同じように、殴った感触に違和感を抱くが、構わずに拳を打ち続けた。

「らあっ‼」

「げふぅっ⁉」

さらにレイトは、「撃剣」を使用する時のように、全身の筋肉を活用する。そうしてバジルの肉体を、サンドバッグのごとく何度も殴りつけた。

バジルはうめき声を上げ、鉈を思いっきり振り上げる。

「お、お前ぇぇぇえっ……痛いじゃねえかっ‼」

「うるさい」

勢いよく振り下ろされた鉈を、レイトは白刃取り（しらはど）する。

そして即座に「金属変換」を発動し、鉈を柔らかい物質に変化させ、同時に「形状変化」で刃物としては役に立たないように折り曲げた。

バジルは一連の出来事を目（ま）の当たりにして呆然としてしまう。

「なぁっ⁉　お、お前ぇっ……ぐへぇっ⁉」

「うざいんだよ‼」


〈技術スキル「撃拳」を習得しました〉


鉈を落としたバジルの腹部に、習得したばかりのスキルの一撃が決まる。

「おらぁっ‼」

「おげぇぇぇぇぇぇっ⁉」

続けて顔面に拳を叩き込むと、バジルは悲鳴を上げながら倒れた。

レイトの強烈な一撃によってバジルの鉄仮面全体に亀裂が生じ、粉々に砕け散ってしまった。

「お前……!?」

レイトは仮面の下から明らかになったバジルの顔面を見て、びっくりして後退った。

「げほっ‼　げほぉっ‼　こ、こいづぅっ……おいらの顔を見たなぁっ!?」

人間だと思っていたバジルの顔面は、緑色の皮膚に覆われていた。歯は獣のように鋭く尖っており、虫歯だらけのその口からは、距離を取っても臭ってくるほど悪臭が漂っていた。

その顔は人間というより、ゴブリンに近かった。

「お前……人間じゃないのか?」

「うるせぇえっ‼　おいらは人間だぁっ‼」

レイトの言葉にバジルは激高して襲い掛かるが、逆にレイトの方から組みついて一本背負いの要領で投げ飛ばした。

「うおらぁっ‼」

「ぎゃあああああっ!?」

バジルを持ち上げて地面に叩きつけた瞬間、彼の纏っていた服が破ける。

露(あら)わになったバジルの肉体は非常に醜(みにく)く、おぞましかった。

「……それがお前の本当の姿か？」

「ぐ、ぐそぉおおおっ……‼」

バジルの肉体は、やはりゴブリンのように緑色の皮膚で覆われていた。

ゴブリンのようであるが、ゴブリンそのものではない。色こそゴブリンと同じように緑色だったが、掌や顔の形状は人間。皮膚と牙だけがゴブリンと同じなのである。

人間とゴブリンが合体したような異様な姿を見てレイトが唖然としていると、バジルは身体を起こしながら激怒(げきど)した。

「お前ぇええっ……‼　許さねぇえっ……よくも見たなぁっ‼」

「そういうことか……お前、魔人族(デーモン)だな？」

レイトが口にしたように、バジルはまさしく魔人族(デーモン)だった。

魔人族(デーモン)は、人間と魔物の特徴(とくちょう)を併(あわ)せ持つ種族である。バジルはゴブリンの特徴を持つ魔人族(デーモン)で、それが原因で迫害(はくがい)され、歪んだ性格に育ってしまった。

生まれた時から実の両親はおらず、彼は奴隷(どれい)商人に拾われた。奴隷商人は、バジルを魔人族(デーモン)を欲しがる物好きな貴族に売却(ばいきゃく)する予定だった。

しかしその目論見(もくろみ)は外(はず)れ、バジルは売れないまま大きくなってしまった。奴隷商人はどうしようもなくなり、知り合いの魔物使いに引き渡した。

バジルを預かった旧帝国（エンパイア）所属の魔物使いはバジルに興味を抱き、彼に魔物使いの知識と技術を与える。

その結果、バジルは旧帝国（エンパイア）の一員として認められるまでの魔物使いになった。

旧帝国（エンパイア）での彼の仕事は、イミル炭鉱に送り込まれるゴブリンを調教して契約紋を刻み、兵隊として教育すること。

その仕事は彼の生来の気質が災（わざわ）いし、上手くいくことはなかったが……

完全に起き上がったバジルが、レイトを殴りつけようと飛び掛かる。

「うおおおおっ‼」

「おっと」

レイトは一歩だけ横に動いて回避した。最小限の動作で攻撃を避けるというのは、深淵の森で暮らしていた時に身に付けた技術だ。

隙だらけのバジルの背後に、レイトは回り込む。

「『回転』‼」

「うげぇっ⁉」

武器所有時に使う戦技「回転」を発動させ、全身を回転させながら肘で打った。後頭部を強打されたバジルは派手に倒れてしまう。

普通なら即死してもおかしくない威力の攻撃である。しかし魔人族（デーモン）であるバジルには、それほどダメージはなかった。先ほど感じていた殴りつけた時の違和感はこういうことだったらしい。

バジルは頭部を押さえながらレイトを睨(にら)みつける。

「く、くそうっ……何なんだお前ぇっ……!!」

「流石に頑丈だな……おっと」

補助魔法「筋力強化」が解除され、レイトは自分の身体能力が元に戻ったことに気づく。

その一瞬を見逃さず、バジルが両腕を開いて襲い掛かる。

「死ねぇぇぇえっ!!」

「ガアアッ!!」

「うおおっ!?」

だが、ウルがバジルに飛び掛かり、その巨体を地面に押し倒した。

馬にも劣らぬ体躯(たいく)の狼に押さえ込まれ、バジルは動くことすらできない。動けば動くほどウルの爪が食い込んでいく。

「ぎゃあああっ!? は、離せくそ犬がぁああっ!!」

「グルルルッ……!!」

「そのまま押さえつけろ」

ウルが完璧(かんぺき)に押さえつけているバジルに、レイトは掌をかざす。そうして魔法でバジルを気絶させようとした時、背後の梯子から何者かが降りてきた。

ゴブリン達だった。全員が血塗れで、数は五匹である。

「こいつら……!?」

「お、おおっ‼　お前らぁっ……早くおいらを助けろぉっ‼」

「「「「……………」」」」

バジルの「助けろ」という命令に、ゴブリン達は虚ろな目を向けた。

レイトは、ゴブリン達の様子がおかしいことに気づく。

見張りをしていたゴブリン達のようにレイトに襲い掛かってくる気配はない。むしろ彼らは、ウルに押さえ込まれているバジルを忌々しそうに睨みつけていた。

「ギィイイイッ……‼」

「な、なんだその目はぁっ!?　おいらに逆らう気かぁっ!?」

バジルが大声を上げたその瞬間――

「……ガアッ‼」

「うぎゃあっ!?」

バジルの足にゴブリンが噛みついて、肉を引きちぎった。

骨が露わになるほどに食いちぎられ、バジルは悲鳴を上げる。そこへ、ウルが反対の足に噛みついて骨を折ってしまう。

「いぎゃあっ⁉　は、離しやがれぇっ⁉」

「ウル」

「ウォンッ」

「ギィイッ……」

レイトがウルを引き寄せる。両足を負傷したバジルは地面の上でもがき苦しんでいた。

そんなバジルの様子を、ゴブリン達は黙って見下ろしている。

これから起きることに気づいたレイトは、ウルを引き連れて牢獄を抜けだすことにした。

バジルが声を上げる。

「ま、待ちやがれぇっ‼　どこに行く気だぁっ……⁉」

「自分の心配をした方がいいぞ」

「ギィイイッ……‼」

「ギィアッ‼」

「ひぃっ⁉　お、お前ら……近寄るなぁっ⁉」

外の通路に出たレイトの耳に、バジルの悲鳴が響き渡る。

一度だけ振り返ると、暴れるバジルの肉体にゴブリン達が群がり、食い荒らしている光景が広がっていた。

「ま、待ってくれぇっ‼　助けて、助けてくれよぉっ⁉」

「……じゃあな」

「い、いやだぁああああっ‼」

「グギィイイイイッ‼」

自分が拷問していたゴブリン達に全身を噛みつかれ、バジルの悲鳴が坑道に響く。

レイトは黙って扉を閉めた。

この先、バジルがゴブリン達にどのような目に遭わされるのかは分かっていたが、レイトは決して同情できなかった。

「因果応報か……」

「クゥ～ンッ……」

「戻ろう」

心配して顔を舐めてくるウルを安心させるように、レイトはその頭を撫でてやる。

それから彼らは外に向かうことにする。

旧帝国の魔物使いバジルを発見したレイトだったが、捕縛して王国に引き渡す気は起きなかった。

そのままレイトはイミル炭鉱を後にするのだった。

◆
◆
◆

それから数分後、イミル炭鉱の扉が開け放たれ、中から何者かが姿を現す。

出てきたのは、一体のゴブリンである。

部屋の中では壁を背にしてバジルが倒れており、その周りでゴブリン達が横たわっている。

バジルの抵抗に対し、最後まで生き残ったのは、一体のゴブリンだけだった。左腕のないそのゴブリンは、足を引きずりながら歩き、採掘場の外へ向かう。

「ギィイッ……」

ゴブリンは涙を流していた。

彼は、最後の最後で立ち去ったレイトの姿を思い出した。そして、どうして人間であるレイトが、より人間に近い魔人族（デーモン）のバジルを見捨てたのか。魔物である自分達に肩入れするような態度を示したのか、疑問を抱いた。

「ギィッ……」

彼がたどり着いた結論は、人間の中にも魔物に味方してくれる、そんな変わった存在がいるということだった。

　イミル炭鉱の武装ゴブリンと魔物使いの討伐を果たしたレイトは、冒険都市に戻る前にアイリスと交信を行う。

　彼女に炭坑内で起きた一連の出来事を話すと、アイリスは全てを知っていたかのように説明してくれた。

『イミル炭鉱は旧帝国（エンパイア）の拠点の一つです。ですが実際は、厄介者のバジルを閉じ込めるための施設という意味合いが強かったようですね』

『閉じ込める？』

『バジルはこれまでに命令を無視して、何度もゴブリンを殺しているんですよ。拷問をやりすぎて、兵隊となるゴブリンの数を減らしていたんです。最初は旧帝国（エンパイア）も諫（いさ）めながら使っていたんですけど、命令を下した上司を三人ほど殺した時点で見捨てました』

『あいつ、仲間も殺していたのか。そういえば、ゲインって名前を口にしてたんだけど』

『ゲインというのは旧帝国（エンパイア）の幹部（かんぶ）の一人です。組織の中でも武闘派で実力は確かですね。これまでに何百人もの王国兵を殺しています。このゲインだけは、バジルも恐れていたようです』

『なるほどね……それで、次はどこを狙う？』

『次って、やる気ですね。次の標的は……少し寄り道して、ある村に立ち寄りましょう。方角と位置は――』

3

そうしてアイリスの説明に従ってやって来たのは、荒廃した村落だった。

深淵の森を抜け出した時に初めて立ち寄った村同様に荒れ果てており、村人の死体が地面に転がっている。

一つだけ前回と違う点は、生存者が存在したことだった。

「お、おい……あんたは冒険者か？」

「おおっ‼　助けが来たのか？」

「皆‼　救援が来たぞっ‼」

「いや、あの……」

「クゥ〜ンッ……」

村に入って早々、レイトは怪我を負った村人の団体に囲まれてしまう。全員負傷しているが、普通に動ける人もいた。

何が起きたのか詳しく尋ねると、次のような経緯を説明してくれた。

武装したゴブリンの集団が結界を破って襲撃してきて、村を破壊し尽くした。村にあった食料品と武器まで奪い取った。辛くも生き残った人間は、村長の家にあった地下の食料保存庫に隠れて生き延びた。逃げ遅れた人間は殺された可能性が高い、とのことだった。

　村人の一人がレイトに尋ねる。

「お前さんは冒険者なのか？　我々が冒険者ギルドに発注した依頼を引き受けてくれた人間なのか？」

「すみません。俺はただの通りすがりなんです。でも、食料品と水は余分にあるので、良かったら皆さんに……」

　レイトが、アイリスが食料品と水を大量に用意するように言っていたのはこのためだったのかと思いつつそう提案すると、村人達の表情が明るくなった。

「ほ、本当か？　ありがたい……奴ら、井戸の中に死体を放り込んで、飲めないようにしやがって……」

「……今から渡しますから、全員並んでください。怪我をしている人には回復魔法を施します」

「えっ⁉　あ、あんた治癒魔導士なのか？」

「いえ、支援魔術師です」

「はあっ⁉　支援魔術師って……あの不遇職の？」

「おい‼　失礼だぞ‼　命の恩人に何てことを言うんじゃっ‼」

レイトの職業を知った瞬間、村人の何人かが眉を顰めたが、年長者の老人が一喝した。

レイトはそんなことは気にせず、次々と食料品と飲料水を手渡し、怪我人を治療していく。

「『回復強化』」

「ううっ……あ、足が治った？」

「お、お父さん……‼」

「おおっ……すまない、助かったよ」

父親の曲がっていた足が完治したことで、その娘が涙を流しながらレイトに抱き着いてきた。父親は何度もレイトに頭を下げてくる。

初めは不遇職のレイトのことを不安に思っていた村人達だったが、彼の回復魔法の効果を目の当たりにして、偏見を改めたようだった。

全員に食料が行き渡り、怪我の治療を終えたところで、レイトは彼らを安全な場所へ移動させることにした。

生き残っていた村人の数は十二名。ひとまず近くの村まで避難させる。

「この村に馬車はありますか？　できれば大人数が乗れるような」

「す、すみません。牛が引く牛車程度しかないのですが……」

すまなそうに言う村人にレイトは頷くと、ウルを視線で示しながら続ける。

「それで十分です。この子が牛車を引くので、女性と子供と年配の方は乗ってください。動ける男性の方は、申し訳ありませんけど徒歩で移動してもらいます。疲れた時は休憩しますから、遠慮なく言ってください」

「あ、ありがとうございます‼」

「それと、余計な物は持ち込めませんけど、どうしても大切な物があるなら、俺が預かります。すぐに準備をしてください」

「「「は、はい‼」」」

レイトの指示に全員が素直に従う。

村人が準備している間に、レイトは錬金術師の能力で牛車を改造し、ウルが運びやすい形状に変化させた。

村人の準備が終わったようなので、早速、近くの村へ向けて馬車を走らせる。

その道中、レイトは村の名前がアフィンだと教えてもらい、村人からお礼の品を貰った。金銭は断ったが、代わりに、村で余っていた金属製の道具や日用品を受け取る。

また、腐敗石と結界石という魔物を近づけさせない石を貰った。これら魔石は希少で、売却すれば相当な金額になる。

「あ、冒険者様、見えてきました。あそこがアフィル村です‼」

「あれか……」

アフィン村の隣村、アフィル村の周囲は壁で囲われており、その入り口には門番が立っていた。レイト達の姿を見た門番の兵士達が駆けつけてくる。

「おい、もしかしてお前達はアフィン村の人間か⁉」

「よく無事だったな。さあ、早く中に入れ‼」

「すぐに村長に伝えろ‼　あと、水と食料も用意するんだ‼」

アフィル村の人間達は、レイトとアフィン村の人達を快く迎え入れてくれた。早速、彼らは村長の屋敷まで案内される。

村長は全員に温かい食事を用意し、アフィン村の人達からの話に耳を傾けていた。一通り話を聞き終えた村長はレイトの近くにやって来ると、誰に聞かせるでもなく呟く。

「……やはり、例の武装ゴブリン達が襲ってきたのですか」

レイトが村長に告げる。

「俺がたどり着いた時には、村は荒らされていました。生き残った人達を連れてきましたが……これからどうなるんですか？」

「儂（わし）らの村で面倒を見ましょう。だが困ったことに、アフィン村以外からも続々とこの村に避難民が集まっております。全員がゴブリンに襲われた村の者ばかり……儂らも困惑しています」

「そんなに大勢の人が訪れているんですか……」

ゴブリンの被害を受けているのは、アフィン村だけではないらしい。既にこのアフィル村近辺の村は全滅に近い状態になっており、逃れてきた人々が殺到しているようだった。

アフィル村には防壁が設けられている。また、魔石による魔物の侵入対策が一応施されているので、周囲の村に比べて安全ではあった。

だが、大量の避難民を受け入れたことで、食料不足という新しい問題に直面している。

事態を解決するため、アフィル村から王国軍にゴブリン討伐をお願いしていたのだが、王国軍は武装ゴブリン調査のため動けず、対応してもらえていない。

冒険者ギルドにも討伐依頼を申し込んだのだが、報酬金額が低くなってしまうこともあり、今のところ反応がないとのことだった。

「他にも、通りすがりの冒険者に助けを求めてみたのですが、報酬が少ないという理由で断られていまして……」

「そうなんですか……」

報酬金額が低いとのことだったが、確かにそれは破格の安さだった。

アフィル村が提示していたのは銀貨三十枚。日本円で三十万円となる。命を落とす危険のある仕事にしては、ありえない金額である。

村に長期間滞在し、武装したゴブリンの集団から村民を守り、討伐する。敵の規模は不明であり、しかもいつ襲ってくるのかも不明。滞在中にゴブリンが現れなかった場合は、報酬は半減。宿泊費は無料だが、食料不足という事情もあって食事は有料だった。

当然だが、大抵の冒険者はこの条件を確認した時点で引き受けない。

銀貨三十枚という報酬金額は、駆け出しの冒険者には高額だが、冒険者稼業を長く務めている人間には大した金額ではない。

説明を聞いたレイトは、この村の依頼を無視し続けている冒険者を責めることはできないと思った。彼も、あまりにも割に合わない依頼だとは思ったものの――村民達を見殺しにするような真似もやはりできなかった。

「あの……その、今出している依頼というのはキャンセルできるんですか？　既に冒険者ギルドに払っているお金が返金されるなら、俺が引き受けますけど……」

「ほ、本当ですか⁉」

「だけど、依頼内容の仕事の条件を変更してください。村の防備を強化するという内容なら引き受けられます」

「ええっ？」

レイトの提案に村長は驚き、困ったような表情を浮かべた。

しかし結局、村長は受け入れるのだった。

「こう言っては何ですけど……防備が雑すぎませんか？」

「す、すみません……何分、魔物が襲ってくることなど全く想定していなかったので……」

レイトは村の周囲を一通り案内され、落胆してしまった。

周囲には煉瓦製の防壁が設けられていたが、建てられて数十年経過した影響で崩れている箇所が多く見られた。

中には人間が入り込めるほど大きなひび割れもある。あまりに大きく崩れている箇所は木で補修されていたが、魔物なら容易く破壊できるだろう。

他にも、煉瓦自体が意外と脆いことが判明し、その高さも場所によっては二メートルほどしかなかった。煉瓦の隙間を利用すれば、子供でも登ってしまえるレベルである。人間よりも身体能力が高いゴブリンなら、あっという間に突破できるのは間違いない。

レイトは防壁を確認しながら、村長に尋ねる。

「堀を作ろうとは考えなかったんですか？」

「堀……ですか？」

「防壁の外側に大きな堀を作るんです。そうすれば、このレベルの壁でも簡単には入ってこられなくなると思いますけど……」

するとそこへ、警備兵達が口を挟んでくる。

「おいおい、黙って聞いてれば簡単そうに言うじゃないか‼　そんな物を作るのにどれくらいの時間が掛かると思ってるんだ‼」

「確かに堀を作るのは我々も考えなかったわけではないが……村全体を取り囲む堀を作るには人手も時間も足りないんだ」

警備兵達の言い分はもっともだが、レイトには考えがあった。

レイトは防壁の前の地面に掌を差し出すと、初級魔法を発動する。

「『土塊』」

「うおおっ⁉」

「こ、これは⁉」

「地面が……盛り上がっている⁉」

初級魔法「土塊」は、重力を利用して土砂を操作する魔法である。レイトは、防壁前の地面を盛り上げ、防壁の手前に砂山を作り出した。

さらに彼は、砂山を操作して均等に防壁の壁に張り付けていく。そして防壁を強化し、さらに手前の地面を凹ませて堀を作っていった。

「これでよし……どうですか？」

「す、凄い……貴方は腕利きの魔術師様だったのですか？」

「魔術師様‼　先ほどは失礼なことを言ってすみません‼」

掌を返すように態度を変えた警備兵に、レイトは笑みを浮かべながら優しく頼んだ。

「いや、別に気にしてませんけど……それよりも、手の空いている人を呼んできてくれませんか？　堀をもう少しだけ深くするのを手伝ってほしいんです」

「「は、はい‼」」

早速、彼らが手の空いている大人達を呼んでくると、防壁の周囲の堀作りをした。

レイトの魔法だけでもできたが、彼の負担が大きくなりすぎてしまう。そのため彼は、最後の仕上げだけは、村人達に協力してもらうことにしたのだ。

数時間後、村の周囲に深さ四メートルを超える堀ができあがった。

初級魔法「土塊」のお陰で、破損箇所が多数存在していた防壁は強固に補修された。さらに防壁の上に置かれていただけの腐敗石と結界石は、簡単には破壊されないように設置し直されている。

これで外部の防備は高められたが、レイトはまだ不安に思っていた。どんなに防壁がしっかりしていても、村の兵力が弱ければ元も子もないのだ。

レイトは村人の一人に尋ねる。

「この村にはどれだけの兵士がいますか？」

「警備兵の数は二十人ほど。戦闘経験がある人間なら、二十から三十名はいます。ですが相手は普通のゴブリンではなく、複数の村を滅ぼしている強力なゴブリンですよね。我々が対抗できるような存在では……」

「戦う前から諦めないでください‼　武器はありますか？」

「それが……警備の兵士の人数分しかありません。剣が十本と槍が五本。あと、弓が五つほどしか。訓練用の木の武器ならありますが」

「それなら、鎌や鍬などの農具はありますよね？　調理に使う包丁でも構いません」

「お言葉ですが……そんな物が武器になるのでしょうか？　魔物を相手に農具や調理器具などで対抗できるとは思えませんが……」

「その点は俺が何とかします。今はすぐにでも戦える人と、道具を用意してください」

「「「は、はい‼」」」

兵士達は不安そうな顔をしながらも、レイトの要望を聞き入れた。

それから彼らは村人の中から戦闘経験がある人材を集めてくると、レイトがお願いした通りの道具を取り揃えた。

レイトは用意された木製の武器と、村人が普段から使っている農具や道具を利用して、新しい武器を製作することにした。

鍬や鎌を「金属変換」と「形状変化」で変形させ、鍬は槍にして、鎌は短刀に作り替える。

訓練用の木製の槍には、その先端に包丁を紐で巻き付けた。それに、フォークとナイフを変形させて作った釘を打ち込み、先端部を固定して包丁の槍にする。

武器を一通り作り終えたところで、レイトは警備兵に村人の指導をさせた。

アフィル村に逃げてきた人の中には、家族を殺され、家を奪われた者も少なくない。そんな彼らはゴブリンに深い恨みを持っていたので、戦闘を志願する人間は大量にいた。

アフィル村にレイトが来てから数日が経過した。
村を取り囲む防壁はさらに強化され、堀も拡大し、村の男衆も頼もしくなった。彼らは警備兵の指導を受けて、ゴブリンに対抗するために毎日訓練を行った。
レイトはそんな村民達と交流しつつ、警備の見回りを毎日していた。
だが、彼が見回りをしていた意図は別にあった。彼の本当の目的は、村の中にいる裏切り者を捕まえることだったのだ。

深夜の時刻を迎え、村人は寝静まっている。

村の警備を任されていたレイトは、兵士達と共に防壁に立っている。

連日のように、他の村からゴブリンの被害者が訪れているにもかかわらず、不思議とアフィル村には、一度もゴブリンは姿を見せていなかった。

周囲を警戒しながら、兵士達が雑談を始める。

「……現れませんね、ゴブリン」

「そうですね。ですが油断は禁物です。奴らは必ずこの村に来るはず……近辺の村は全滅していますから」

「それにしても不思議だよな……どうしてうちの村には現れないんだ？」

「レイトさんのお陰で防備が強まったからだろ？　凶暴なゴブリンだろうと、簡単にこの村には入れねえよ‼」

「それならいいんだが……」

会話を聞きながら、レイトは防壁の上から外の様子を観察する。

やはり、特に不審な点はない。暗殺者のスキル「暗視」と「観察眼」を発動させても、怪しい者の姿は捉えられなかった。「気配感知」を使用しても不審な気配は見つからない。

そこへ――

「ウォンッ‼」

「うわっ⁉　びっくりした……レイトさん、またウルの奴が馬小屋から抜け出してますぜ」

兵士の一人がウルが近くにいるのを発見して、レイトに声を掛ける。

「あ、すみません……すぐに戻してきます」

「はっはっはっ‼　もしかしてそいつは、自分は犬なのに馬小屋に閉じ込められていることに不満を抱いているんじゃないですか？」

「あはは……ほら、戻るぞ」

「クゥ～ンッ……」

レイトはウルに乗り、兵士達にしばらく離れると告げる。

しかし彼が向かった先は、ウルが寝泊まりしている馬小屋ではなかった。

村長が住んでいる屋敷だった。


「……よし、ウルはここにいろよ」

「クゥンッ……」

「大丈夫……変な奴が来たら大声を上げげんだぞ」

「ウォンッ」

レイトは村長の屋敷の前で立ち止まり、ウルに声を掛ける。

それから彼は、錬金術師のスキル「形状変化」でナイフを扉の鍵に変形させると、扉を開錠した。

足音を立てないように、「無音歩行」のスキルと存在感を掻き消す「隠密」のスキルを発動して、ゆっくりと中に入る。

村長は一人で暮らしており、家族はいない。数年前に魔物に妻と息子夫婦が殺されて以来、彼はずっと一人身だった。

レイトが他の人間に黙って屋敷に忍び込んだのは、村長と二人だけで話したかったからである。

気配を殺しながら村長の寝室の扉の前に移動し、聞き耳を立てる。

村長が中にいるのは間違いない。まだ起きているようで、村長は小声で何か囁いていた。

レイトは扉を開く。

「お邪魔します」

「えっ……な、何だっ⁉」

「騒がないでください」

「ひっ……⁉」

突然部屋に入ってきたレイトに、ベッドの上に座っていた村長は驚愕する。そして、レイトが腰に差しているナイフを抜き取るのを見て、壁際に後退った。

レイトは村長の様子を見つつも、視線を動かして何かを探す。そして寝室の机の上に手紙を見つけ、目つきを鋭くして言う。

「やっぱり……貴方が裏切り者だったんですね」

「なっ⁉　や、やめろぉっ‼」

机の上の手紙を手にしたレイトに、村長が飛びつこうとする。レイトは避けるのと同時に、足を引っ掛けて村長を床に転倒させた。

レイトは手紙の内容を確認して、溜息を吐きながら告げる。

「この手紙……旧帝国(エンパイア)からですね」

「ぐうっ……」

「ちょっとおかしいと思っていました。本当に困っているなら、冒険者に厳しすぎる依頼条件を出すはずがありません。色々な人に聞いて回ったんですけど、ギルドへの依頼条件を決めたのは貴方ですよね？」

貧しいとはいえ、アフィル村が出していた依頼条件はあまりに現実的ではなかった。そのことに疑問を抱いたレイトは、アイリスに交信して確認してみたのだ。

それで彼女から教えてもらったのが、アフィル村の村長が旧帝国(エンパイア)と関わりを持っているという、衝撃の事実だった。

それからレイトは事の真相を確かめるべく、表向きは村の防備をしつつ、村長の動向を探ることにした。

しかし村長は常に他の人間と行動を共にしており、近づくことさえ容易(ようい)ではない。

そこで利用したのがウルである。

ウルが寝泊まりしている馬小屋は、村長の屋敷に隣接(りんせつ)している。村長の家の馬小屋を使わせてもらっているという体(てい)だったが、実際のところは、ウルに村長の監視(かんし)をするように命じていたのだ。

　レイトが責め立てるように言う。

「どうして旧帝国(エンパイア)からの手紙がここに？　村長は旧帝国(エンパイア)の人間ですか？」

「ち、違う‼　あんな奴らと儂を一緒にするな‼」

「その、あんな奴らと付き合っている貴方は何者ですか？」

　実はレイトは、事前にアイリスから教えてもらっていたので、大体の事情は知っていた。それでも彼は、村長の口から旧帝国(エンパイア)との関係を聞き出したいと考えていた。

　村長は深い溜息を吐くとゆっくりと語りだす。

「わ、儂は脅(おど)されていたのじゃ……一か月ほど前、この村に奴らの手先が訪れた。儂の屋敷に忍び込んだその男は『近々、ゴブリンの集団が周囲の村を襲う』とだけ一方的に告げて立ち去った。実際、次の日から儂らの村に他の村からの避難民が訪れるようになり……」

「どうしてその男は、村長にだけそんな話を？」

「儂の方が知りたい‼　その後男は、自分のことをバラさずに避難民の集まり具合を報告し続ければ、村にゴブリンを送り込まないと約束してくれた。実際、この村はゴブリンに襲われていない」

「それで、手紙でやりとりを行っていたと？」

「しょ、しょうがないだろう‼　奴の指示に従わなければ皆が殺される‼　この村には何百人の人がいると思う⁉」

「だから、わざと冒険者が引き受けにくい条件で依頼書を出したんですか？」

「そ、そうだ……依頼を出さなければ、皆から変な目で見られるだろう。かといって本当に冒険者が来てしまったら、奴らが何をしてくるか分からん。そもそも奴らの意図が全く分からんのだ。皆には悪いことをしていると思っている。だが、これ以外に全員が生き残る方法はない‼」

レイトの質問に、村長は険しい表情を浮かべていた。

村長も様々な手を尽くし、王国軍や冒険都市の冒険者に連絡を取ろうと試していた。しかし、手紙を持たせて都市に向かわせた使用人は帰ってこなかった。数少ない移動手段だった馬は、毒を盛られて殺されてしまった。

こうした事情もあって、村長は旧帝国に監視されていると思い込んでいた。

「な、なあ……冒険者様、儂が途轍もない過ちを犯したのは認める。だが、今回の件は黙っていてくれんか？　このままでは皆の命が……」

「このまま黙っていても問題は解決しません。それに、食料はどれくらい残っているんですか？」

「うっ……」

現在、アフィル村には数多くの避難民が押し寄せており、食料の備蓄が物凄い勢いで減っていた。

元々百人程度の村人だったが、現在では三百人を超えている。それでもなお、今も避難民がこの村に集まり続けていた。

避難民を拒むことは、人の好い村長にはできず、だからこそ彼は苦悩していた。

食料はあと数日もすれば底をついてしまう。その事実を知っているのは、一部の人間だけだった。

村長は、旧帝国の人間に見張られている可能性に怯え、眠れぬ夜を過ごしていた。

そこに現れたのが、レイトだった。

「安心してください。もう旧帝国の人間は村にはいませんよ」

「な、何故そんなことが言い切れる⁉」

「だって、旧帝国の人間は、明日にもこの村の人間を皆殺しにするつもりだからです」

そう言うとレイトは、村長が受け取っていた手紙とは別の紙を差し出した。村長は訝しげに受け取ると、すぐに内容を確認した。そして大きく目を見開く。

「ば、馬鹿な……これは一体⁉」

「逃げ延びてきた者の中に旧帝国の人間が何人も交じっていました。その中の一人が所持していた報告書です」

手紙には、村の食料が底をつきかけていること、さらに南側の防壁に抜け道があることが記されていた。この抜け道は、万が一ゴブリンが攻めてきた時に村人が逃げられるように作っておいたものであった。

報告書には、この抜け道を利用して攻めるべきだと記されてあった。

「怪しい人間を捕まえたら、この手紙を持っていたんです。おそらく村長を見張っていた者でしょうね」

「と、ということは……奴らは約束を守る気はなかったというのか⁉」

「そういうことになりますね。手紙の内容によると、明日の夜にはゴブリンがこの村を襲撃するはずです」

「く、くそっ‼　奴らめ……儂らを殺すつもりかっ‼」

「最初から生かしておくつもりはなかったんですよ。この村みたいに分かりやすい逃げ場があれば人はそこに集まります。まとめて殺すために、わざと見逃していたんです」

「くそぉっ……‼」

村長は自分が騙されていたことに気づき、俯いてしまう。

レイトは、彼に渡していた偽りの手紙を回収した。

そう、これはアイリスが考えた作戦だったのだ。以降、レイトとアイリスの筋書き通りに、事は進んでいく。

レイトは村長を説得し、村人達に秘密を打ち明けるように促(うなが)した。

最初、村人達は戸惑っていた。

村長が旧帝国(エンパイア)にしていたのは、アフィル村を訪れた避難民の報告だけ。また、避難民を見捨てずに受け入れていた。さらには、彼は見張られていた。王国軍に救援を求めようとしていたことも事実である。

こうした事情に鑑(かんが)みて、村長の処罰は先送りとなった。

それ以上に大きな問題がある。明日の夜に、武装したゴブリンが抜け道を利用して襲撃を仕掛けてくるのだ。

抜け道を封(ふう)じるべきだという主張があったが、レイトはそれに反対して、逆に抜け道から侵入してくるゴブリンを迎え撃(う)つ作戦を立てた。

実際のところ、レイトは旧帝国(エンパイア)さえ完全に誘導していたので、彼らがどう攻めてくるのかも分かっていたのである。

レイトは村長の手紙をすり替え、偽(にせ)の情報を旧帝国(エンパイア)に渡していた。その内容は、アフィル村に王国の軍隊が近づいているという虚偽(きょぎ)の報告である。

それを受け取った旧帝国(エンパイア)は、予定よりも早くアフィル村を襲う決断する。

襲撃のために用意されたゴブリンは三十体、魔物使いは二人。

魔物使いはイミル炭鉱のバジルの件を既に知っており、警戒も兼ねて二人で行動していた。二人が旧帝国から襲撃を命じられた村は、アフィル村で最後だった。

覚悟を決めた二人が、村に向けて動きだす。

現在のアフィル村には、数百人の人間が存在する。その大半が非戦闘員の村人で、警備兵の数は二十名程度と知らされていた。

彼らはいつも通りに自分達は安全な場所に身を隠しながら、ゴブリン達に作戦の遂行を任せるつもりだった。

しかし、今回の相手は村人だけではなかった。

通りすがりの冒険者であるレイトが交じっていたことが彼らの命取りになった。

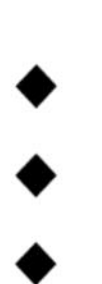

「……おい、どうなってんだよ。一週間前までは堀なんてなかっただろ？」

「馬鹿、報告書を読んでないのか？　変な冒険者が村人をそのかして堀を築いたと書いてあっただろ。だが、その冒険者は最低職の支援魔術師だ。恐れるような相手じゃない」

「ははは っ‼　そういえばそうだったな……あんな雑魚職の人間に頼るなんて、馬鹿な奴らだぜ‼」

「そうだな……」

夜半、アフィル村から一キロほど離れた丘に、旧帝国(エンパイア)の魔物使い二人が立っている。

彼らの周囲には、ゴブリンの集団が佇(たたず)んでいた。

殆どのゴブリンが人間並みの体躯(たいく)であり、中にはゴブリンナイトが三体いる。二人の周囲を護衛するように、ゴブリンは待機している。

「それでどうする？　防壁だけなら簡単に乗り越えられるかと思ったが、あの堀が思ったよりもかなり深そうだぞ」

「問題ない。報告書にあったように、抜け道を利用すればいいんだよ。あんなでかい村、二十人程度の警備兵だけで守れるはずがねえ。見つからずに接近して抜け道から中に入り込めば、こっちのもんだ」

「それなら俺がやる。お前はそのデカブツが暴れないように注意しておけよ」

「分かった。だけど気をつけろよ……油断禁物だ」

「へいへい……おら、行くぞっ‼」

男の一人が声を張り上げると、周囲のゴブリン達が反応し、二十体のゴブリンが彼の後に続いていった。

残されたのは、十体のゴブリン、ゴブリンナイト三体、それらに取り囲まれた年配の男である。

その男は手紙の内容を確認しながら呟く。

「それにしても……これだけ警備を強めているなんて聞いてないぞ。あの村長、まさか俺達を嵌めようとしているんじゃ……いや、それはないか」

男は疑問を抱くが、すぐに考えを改める。

村長が他の人間に救援を求めようとした際、見せしめとして彼と関わりのある人間を始末したのはこの男だった。

この男は魔物使いの職業の他に特別な職業を習得していた。

「万が一の場合は、俺一人だけでも逃げだせばいい……『暗殺者』の俺を見つけ出せるのは同業者だけだからな」

この男は自分のもう一つの職業に絶対の信頼を寄せていた。

彼は、全ての職業の中で最も隠密能力に特化した「暗殺者」という職業特有のスキルを生まれた時から身に付けており、実際にこの能力のお陰で何度も命の危機を免れていた。

だが、彼は知らなかった。

その彼と同じ、暗殺者に十年間も育てられ、暗殺者に匹敵する能力を持つ相手が村の中にいることを。

魔物使いのシュウは、ゴブリンを引き連れて防壁に接近する。

彼の予想通り、表面上は防備を強めてあるが、人材は不足しているようだった。防壁の上には見張り一人いない。

念のために堀の中を観察し、罠がないのを確認した後に慎重に入っていく。

「よし……この穴だな。馬鹿め、これで隠したつもりか？」

「ギギィッ……」

情報通り、そこは木板で覆い隠されていた。

抜け道を発見したシュウは、口元に笑みを浮かべ、ゴブリン達に入るように指示を出す。

「ちっ……この穴の大きさだと武器を運ぶのは難しそうだな。しょうがない、小さい奴から入れ」

「ギギィッ」

「ギィイッ」

シュウの指示に、戦斧（せんぷ）や槍を装備していたゴブリンは武器を置くと、直径一メートル程度の穴の中に入っていった。

ゴブリンは、武器がなくとも並の人間とは比べ物にならない戦闘力を持つ。

武器のないゴブリンだけでも村人を蹂躙（じゅうりん）できると判断したシュウは、小柄なゴブリンだけを先に送り込んだ。

「残った奴らも一応壁をよじ登っておけ……何だ？　これ、土でできているのか？」

夜だったため防壁の材質まで気づいていなかったが、防壁の表面には強固な土壁が張り付いていた。

塗り固められているため、登ることは無理だと気づいた彼は仕方なく、先に向かわせたゴブリン達に任せて、出入口の方角に向かおうとした。

その時、抜け穴から異変が生じた。

「あ？　なんだ……うわぁっ⁉」

「「「ギィイイイッ……⁉」」」

抜け穴から黒煙が舞い上がり、シュウは何事かと覗き込もうとする。

ゴブリンの悲鳴が響き渡り、肉が焼ける匂いがする。

すぐに彼は、敵が抜け穴に油か何かを流し込み、火をつけたと気づいた。穴の中のゴブリン達は、その場で焼却されていた。

「くそっ‼　罠か⁉」

「もう遅い‼」

「なにぃっ⁉」

頭上から声を掛けられ、シュウは防壁の上を見る。

いつの間にか二十人程度の村人がおり、弓を構えていた。彼らが装備している弓矢は、レイトが作った物である。

防壁の上の村人達が一気に矢を放つ。

「うわあああっ⁉」

「ギギィッ‼」

「ギィイッ⁉」

彼らが狙ったのはゴブリンではなく、それを操作しているシュウだった。

ゴブリン達は主人を守るために盾となったが、その混乱を利用して、別の村人達が梯子で堀へと降りていく。

「一匹も残すなぁっ‼　ぶっ殺せぇっ‼」

「よくも俺達の村をっ‼」

「逃がすなっ‼」

「な、なんだ⁉」

予想外の展開にシュウが驚愕していると、堀の中に降り立った村人達がゴブリン達へ殺到していく。彼らは手に槍を持っていた。

「死にやがれ‼」

「グゲェッ⁉」

鉄製の槍では、ゴブリンが身に着けている鎧を貫通することはできない。

しかし彼らが装備している槍の刃は、レイトが「金属変換」で強化しており、ゴブリンの鎧や兜であっても貫くことができた。

次々とゴブリンが倒されるのを見て、シュウは慌てて逃げだそうとするが、既に村人に囲まれていた。

シュウがゴブリンに向かって叫ぶ。

「く、くそっ!!　お前ら、俺を連れて逃げろっ!?」

「ギギィッ……!?」

「逃がすと思ってんのか!!　お前らなんか怖くねえっ!!」

「あの男を狙えっ!!　そうすれば他の奴らは動かねえっ!!」

魔物使いの契約獣は主人に服従している。しかし、主人の身に危険が起きた場合は、全ての命令を無視して主人の身を守るのだ。

防壁の上の村人達が新しい矢を装填し、魔物使いの男に狙いを定めて攻撃すると、主人を守るためにゴブリンが群がった。

その間、ゴブリンは無防備になるので、槍を持った村人達がゴブリンを狙う。他の村人達は、遠距離から投石を仕掛けていた。

「この村は俺達の村だ!!　出ていきやがれ!!」

「俺達の村は、俺達で守るんだ!!」

「死にやがれっ‼」

「く、くそどもがぁっ……‼」

「ギギィイイイッ⁉」

シュウを守っていたゴブリン達が度重なる攻撃を受けて倒れていく。

村人達は、冒険者や王国軍の兵士よりも攻撃能力は圧倒的に低い。それでもこのようにまとまれば、数の力で魔物にも対抗できるのだ。

魔物使いというだけで特別な戦闘能力を持たないシュウは、村人達の猛攻に対して、身を伏せることしかできなかった。

「ひいいっ⁉　た、頼む‼　許してくれぇえええええっ‼」

「ギィアッ……」

「ぎゃあああああっ⁉」

情けないシュウの悲鳴が響き渡った瞬間、盾代わりとなっていた最後のゴブリンが倒れた。そうしてシュウの肉体に圧し掛かる。

シュウがゴブリンに押し潰される光景を見て、警備兵と村人達は歓声を上げた。

彼らは一人の被害も出さずに、村の防衛に成功したのだ。


一方その頃。

アフィル村から離れた丘の上で、もう一人の魔物使いであるガイタは、シュウから連絡がないことに痺れを切らしていた。

本来ならば、シュウからの合図を受けて突入するつもりだったが、彼は予定を変更することにする。

ガイタは巨大なゴブリンナイトに乗り、アフィル村へ向かった。

「何だ⁉ 何が起きてやがる‼」

「ウギィイッ‼」

「くそっ‼ 早く行けっ‼」

彼が契約獣として扱っているのは、ゴブリンナイト三体と十体のゴブリンである。

シュウよりもレベルが高いガイタは、ゴブリンナイトのような強力な個体も一応操作できる。だが、扱いの難しいゴブリンナイトは、ガイタの命令に従わないこともあった。

「ちっ……しくじりやがったなあいつ‼ 見つかったのか‼」

村の方角から聞こえてきたのは、喧騒だった。

それが、ゴブリンの襲撃を受けた村人の悲鳴ではないことに気づいた彼は、シュウが何らかの理由で失敗したと判断する。

それでも、シュウが捕縛されているとまでは考えなかったガイタは、状況を確かめるべくアフィル村に向かっていった。

そんな彼の前に、一つの影が現れる。

「ウォオオオンッ‼」

「なにぃっ⁉」

「ウギィイイイッ⁉」

突如として狼の咆哮が響き渡った。ガイタが気づいた時には、既に馬のように大きな狼がゴブリンナイトの一体に飛びつき、押し倒していた。

一瞬パニックになったものの、ガイタは奇襲(きしゅう)を受けたことを知る。

さらに、頭上から少年の声が聞こえてくる。

「やっほう‼」

「はあっ⁉」

ガイタが見上げると、奇妙な「氷塊」の円盤に乗った少年――レイトがいた。

レイトが大剣を構えて、飛び降りてくる。

危険を察知したガイタは、乗り物代わりにしていたゴブリンナイトから慌てて飛び降りる。

「『兜割り』‼」

レイトの大剣が、そのゴブリンナイトへ振り下ろされた。

「グゲェエエエエッ⁉」

「なあっ……!?」

レイトの大剣の刃がゴブリンナイトの頭部を兜ごと叩き割った。ゴブリンナイトの巨体が地面に倒れる。

ガイタは驚愕するが、即座にゴブリン達に指示する。

「お、お前ら‼　行けっ‼」

「「「ギィイイイイッ‼」」」

ゴブリン達が一斉に襲い掛かってくるが、レイトは「筋力強化」を発動して身体能力を上昇させて対峙（たいじ）する。

「『火炎槍』‼」

「ギャアアッ!?」

「ギィッ!?」

接近してきたゴブリン一体に火炎の槍を放つと、他のゴブリン達は足を止めた。

一瞬ではあるが、動作を止めたのが彼らの命取りとなった。レイトはその隙を見逃さず、大剣を勢いよく振り回す。

「『回転』‼」

「ウギィッ!?」

「ギィイイッ!?」

横薙ぎに大剣を振るい、二体のゴブリンを吹き飛ばした。さらに勢いを止めず、二回転目で別の個体を叩きつけ、鎧を破壊して肉体を切断する。

「もう一丁‼」

「ウガアアアッ⁉」

「ギィイッ⁉」

別のゴブリンナイトに向けて大剣を下側から振り上げた瞬間、ゴブリンナイトの胴体から鮮血が舞った。

巨人族(ジャイアント)用の鎧を身に着けていたゴブリンナイトでさえも、レイトの大剣には耐え切れず、その巨体は地面に崩れた。

ゴブリン達は恐怖の表情を浮かべるが、レイトは大剣の回転を止めずに斬り裂く。

「はあああああっ‼」

「「ウギィイイイイッ……⁉」」

ベーゴマのように回転しながら、次々とゴブリン達を斬り裂いていく。

レイトは最後の回転を終えると、立ち止まった。

残されたゴブリンは、ウルが押さえつけているゴブリンナイトだけだった。だが、そちらも決着を迎えようとしていた。

「ガアアアアッ‼」

「ウギャアアアアッ⁉」

ウルが首筋に噛みついた瞬間、ゴブリンナイトは悲鳴を上げる。容赦なく肉を引きちぎられた首から血液が噴出した。

ウルはゴブリンナイトのもとを離れると、肉を吐き出し、レイトのところに移動する。

顔面が血塗れの状態のウルを迎え入れ、レイトは周囲を見渡した。

「あれ？」

いつの間にか、魔物使いのガイタの姿が消えていることに気づいた。

ウルに視線を向けて彼の嗅覚を頼ろうとするが、ウルも困惑したように周囲を見渡している。

レイトは相手が「隠密」のスキルを使用していることに気づいた。

「暗殺者だったのか……くそ、諦めるしかないか」

「クゥ～ンッ……」

レイトは溜息を吐きながらウルの背中を撫でやり、村へ戻ろうとした時、唐突に背後を振り返って大剣の刃を振りかざす。

「何てねっ‼」

「うぎゃっ⁉」

レイトの後方で短剣を手にしていたガイタに向けて、レイトは大剣を叩きつけ、派手に態ならば鈍器のように扱えるのだ。

吹き飛ばす。

彼の大剣の刃は潰してあるので、切れ味は普通の剣にも劣る。そのため、手加減した状態ならば鈍器のように扱えるのだ。

大剣で吹き飛ばされたガイタは、肋骨が何本か折れたようだが、命に別状はなかった。

地面に伏しながら、彼は愕然としていた。

「ど、どうして……俺の位置を……!?」

「直感……かな？」

「そんな馬鹿なっ……!?」

それは、深淵の森で暮らしている内にいつの間にか身に付けていたスキルの一つであり、レイトは自分の危機を察知する能力を持っていた。

『アイ……スクリームを食べたい』

『終わりましたか……あ、騙しましたね!?』

『や～い、アイリスだと言ってないのに出てきた～』

『きぃ～!!　子供ですかっ!!』

『終わったよ。これで三人目の魔物使いもやっつけた』

気絶した魔物使いの男を抱えたまま、レイトはアイリスと交信を行った。

これで、彼女が伝えた旧帝国に仕える魔物使いを三人倒した。残りの武装ゴブリンを操る人間は、二人だけだ。

　アフィル村の村人には、魔物使いは殺さないように頼んであったため、今回は旧帝国の魔物使いを二人捕縛することに成功した。

『あと二人ですが……一度、冒険者ギルドに戻りましょうか。お手柄ですから、きっとレイトさんの階級も上昇しますよ』

『それはいいけど。こいつらって旧帝国の奴らの居所を知っていると思う？』

『それはありえませんね。所詮この人達もただの駒ですから、重要な情報は与えられていません。だけど、残っている二人の内の一人、ゲインと呼ばれる男は別です。あの男は正真正銘の幹部ですから』

『バジルが言っていた奴か……』

　これまで、レイトは三人の魔物使いを倒したが、ゲインという奴は一筋縄ではいかないように感じた。

『ところで、これからアフィル村はどうなる？』

『他の街や都市に連絡するのを邪魔する人間がいなくなったんです。これからは安全になりますよ。すぐに救援も訪れます』

　どうやらアフィル村に関しては、全てが丸く収まったようだった。

　やるべきことは一通り終えたので、レイトは冒険者都市に戻ることに決めた。

『都市に戻ってからは、どうしたらいいのかな?』

『ギルドに事情を説明して、捕まえた二人を差し出せばいいですよ。後は勝手にバルさんが上手くやってくれますから、これで今回の事件は終わりです』

『え、終わり?　あと二人いるんじゃないの?』

『今回は上手く行きましたけど、流石に三人も魔物使いが消えたんですから旧帝国(エンパイア)は怪しみます。アフィル村で、レイトさんは目立ちすぎました。旧帝国(エンパイア)はレイトさんの存在を掴むはずです。後のことは、冒険者ギルドに任せて普通の生活に戻りましょう』

『う〜ん……何か微妙に納得できないけど、確かに、俺一人で解決できるような問題じゃないのかな』

『周辺を襲っていたゴブリンの支配者を三人も倒したんですから、レイトさんの働きは十分ですよ。それに、レイトさんの当初の目的は、対人戦の経験を積むことです。後のことは他の人に任せましょう』

『そういえばそうだったね……分かった!』

完全に納得したわけではないが、レイトはアイリスの言葉に従うことにしたのだった。

アフィル村の人々からは非常に感謝され、様々な品物を渡された。今回も金銭を受け取るのは断ったが、代わりに馬車を貰うことになった。

馬車はウルに引っ張ってもらえるし、外での寝泊まりの際に雨風に晒されるの心配がなくなる。大きな荷物の持ち運びも楽になるし、結界石を取り付ければ魔物の襲撃を防ぐこともできる。

馬車を貰ったことを喜んでいると、村人達が改めて礼を言ってくる。

「ありがとうございます、レイト様……このご恩、我ら一同、一生忘れません」

「あまり気にしないでください。俺は冒険者として仕事をしただけですから……」

「そんなご謙遜なさらないでください。この村はレイト様のお陰で救われたのです‼　何かあったら、またこの村に寄ってください。力になれるかは分かりませんが、我らにできることならば、何でもいたします‼」

「あははっ。じゃあ、皆さんもお元気で」

「「「ありがとうございました‼　レイト様‼」」」

ウルに引っ張られて馬車が発進すると、全身を縄で縛られて乗せられていたシュウとガイタが顔を歪めた。

「ちっ……」

「くそっ……」

「ウォンッ‼」

二人を引き連れて、レイトは冒険都市に向かう。

この二人をギルドに引き渡せば、レイトの仕事は終わりだ。

レイトは、アイリスに言われた通り、後のことは他の人達に任せて普通の生活に戻ろうと決めるのだった。

4

冒険都市に帰還（きかん）したレイトは、冒険者ギルドの前に馬車を止める。そして早速、魔物使いのシュウとガイタを引き渡した。

ギルドでは、Ｆランクの冒険者が馬車に乗って帰還したこと、さらには旧帝国（エンパイア）の関係者二人も連れてきたことに驚愕していたが、受付嬢はすぐに手続きしてくれた。

その後レイトは応接室に案内され、バルと対面することになった。

バルが呆れたように言う。

「全く……あんたは毎回、面倒事を持ち込んでくるね」

「あはは……なんかすみません」

「まあ、今回の件はお手柄だったよ。旧帝国（エンパイア）の奴らを捕まえるとは大したもんだ」

バルがレイトに小袋を手渡す。シュウとガイタは賞金首として指名手配されていた。袋の中身は彼らを捕縛した賞金であった。

　レイトが受け取ると、バルは話を続ける。

「あの二人は旧帝国(エンパイア)の下(した)っ端(ぱ)のようだけど、最近多発しているゴブリンの襲撃事件の関係者なのは間違いないね。あいつらを王国に引き渡せば、王国に大きな貸しを作れる」

「もしかして俺、階級が上がりますか？」

「現金なやつだね……ほら、これが新しいギルドカードだ」

　そう言うとバルは、預かっていたレイトのギルドカードを取り出す。

　カードの表面には、レイトの名前と「Eランク」という文字が刻まれていた。今回の件で、レイトは昇格試験を受けずに昇格を果たしたことになる。

「おおっ……ありがとうございます」

「まあ、今回だけ特別だよ。普通は冒険者になって一か月も経っていない新人を、上の階級にすることなんてないんだからね。次からはちゃんと試験を受けるんだよ」

「はい。あ、それとイミル鉱山の件ですけど……」

「あんたが偶然(ぐうぜん)見つけたゴブリンの死骸と、魔人族(デーモン)の男のことだったね。今、調査員を派(は)遣(けん)しているよ。それにしても、なんであんな場所に行ったんだ？　ミスリルでも探していたのかい？」

「あははは……まあ、そうですね」

念のためレイトは、イミル鉱山の件もバルに報告していた。

バルの話では、調査には時間が掛かるらしいので、旧帝国（エンパイア）に証拠を消されるかもしれないということだった。

レイトは、ゴブリンが装備していた鎧と兜を回収していたので、それを提出しておいた。また、バジルの顔も覚えていたので、似顔絵を描いてバルに見せてみた。

彼女は、心当たりがあったようだ。

「こいつはバジルだね……魔物使いだが、魔獣使いのバジルとも呼ばれている男だよ。まあ、あたしから言わせれば、こいつの方がよっぽど魔獣だと思うけどね」

「賞金首だったんですか？」

「ああ、金貨十枚の大物だよ。もっとも、こいつは数年前に捕まって、死刑囚として監獄（かんごく）都市に送り込まれたと聞いていたんだけどね……後で確かめる必要がある」

「金貨十枚か……ちょっと勿体ないことをしたな」

「ん？　何か言ったかい？」

「いえ、何でもありません」

レイトは、バジルの顛末（てんまつ）については報告せず、あくまでもイミル炭鉱で目撃したとだけ伝えておいた。

アイリスから、バジルに関しては秘匿（ひとく）するようにと念を押されていたのだ。あまりこの件に首を突っ込むのは危険ということで、部外者を装うことになった。

「で、これからどうなるんですか？」

「さあね……後のことは王国に任せるしかないよ。あの二人は、死刑は免れないだろうけど、自業自得さ。有力な情報を持っていたら、監獄にぶち込まれる程度で済むかもしれないけどね。これまでの事件があの二人だけで起こしたとは考えられない以上、今後ますます、王国軍の警備は強まるだろうね」

「そうですか……あ、それと気になることがあるんですけど……ゲインという人のことを知ってますか？」

レイトがふと「ゲイン」という名を口にした瞬間、バルの表情が険しくなった。

「……何だと？」

バルの言葉には、激しい怒気が滲んでいた。

彼女の豹変に動揺するレイトに、バルは腕を組んだまま問う。

「どうしてあの男の名前を知ってるんだい？　お前、何か知っているのか？」

「え、いや……捕まえた魔物使いが、そんな名前を呟いていたんですけど……」

「そうかい……ということは、今回の事件にあいつも関わっているのか」

バルは机の上のコップに手を伸ばし、表面がひび割れるほど強く握りしめた。そして自分自身を落ち着かせるように、中身を一気に飲み干して立ち上がった。

怒気を漂わせながら、バルは告げる。

「ここから先はEランクの冒険者の出番じゃないよ。後はあたし達に任せて、あんたは普通の冒険者らしく過ごしな」

それだけを告げると、彼女は退室していった。

取り残されたレイトは、バルの異変に戸惑いつつ、アイリスに話しかける。

『アイリス』

『あ〜あ……先に注意しておくべきでしたね。バルを相手にする時はゲインの名前を出すなって……』

『……どういう意味？』

『二人は知り合いなんですよ。知り合いといっても、仲が良かったわけじゃありません。激しい殺し合いを繰り広げた関係です』

『殺し合い……』

『二十年前、ゲインはバルの両親を殺害しました。そして、彼女が冒険者になった時に再会を果たし、ゲインはバルによって片目を奪われ、バルは当時の冒険者仲間を殺されました』

レイトは、バルが復讐を誓う相手のことに触れてしまったらしい。

『俺、もしかしてまずいことした？』

『かなりまずいですね。このままだと、バルは死にますよ』

『えっ⁉』

　予想外の言葉にレイトは驚愕する。

　アイリスは、彼の発言によってバルの運命が大きく変化してしまったことを説明する。

『バルはこの後、冒険者ギルドを離れて単独行動を開始します。そして、自力でゲインの居場所を見つけ出して殺そうとしますが、逆に罠に嵌められて殺されてしまいます』

『そんな……俺のせい⁉』

『まあっ……レイトさんからゲインの情報を聞かなかったら、無茶な行動を取らなかったのは事実ですね。だけど、ゲインの方も無事では済まず、バルから受けた傷が原因で死亡します』

『止められないの？』

『それは難しいですね。レイトさんがこのまま何も行動を起こさなければ、二人が死亡することは確定していますけど、迂闊にレイトさんが関わると大きな問題が生まれます』

『どういうこと？』

『私の能力でも未来が見えないんですよ。前にも言った通り、この世界で生まれた存在なら、私は全てを見通すことができます。だけど元々は別の世界の魂であるレイトさんの未来を、私は見ることができません。そして、レイトさんと関わった人間の未来も見ることは難しくなります』

アイリスの言葉に、レイトは彼女がバルの救出に乗り気ではないことを察した。

『このままレイトさんが関わらなければ、バルとゲインは確実に死亡します。だけど、レイトさんが関わった場合は、私でもどのような事態に陥るのか分かりません。もしかしたら、バルは助かるかもしれません。ですがその一方で、ゲインだけが生き残るという可能性もあります。そして二人とも死んで、さらにはレイトさんも巻き添えで死んでしまう、という可能性も否定できません』

『つまり、今まで通りに助言はできないということ？』

『バルやゲイン本人の居場所や能力を伝えることはできます。けれど、この二人の未来を見ることはできません。だから私としては、今回の件に関わるのは気乗りしないんですけど……どうします？』

『助ける』

『ですよね……』

『ごめん』

レイトの返答を予想していたように、アイリスは心の中の声ではあるものの、溜息を吐いた。

そんな彼女に、レイトは自分のせいで迷惑を掛けることに謝罪しながら、これからの行動を相談する。

『俺が関わればバルの未来が変化する……ということは、まだ関わっていない今の状態なら、バルの未来は見えるの？』

『そうですね。レイトさんが本格的な行動を取る前なら、バルの未来は見えます。彼女はこれから五日後にゲインの隠れ家を見つけ出し、単身で突入します。そこで、ゲインの部下を打ち倒しますが、ゲイン本人と戦う前に毒矢を受けて身体が痺れたところを襲われます。最後の力を振り絞ってゲインに致命傷を与えますが、彼女は毒によって命を落とします』

『直接的な死因は毒ということ？』

『そうなりますね。だけど、ゲイン本人も凄腕の剣士です。A級冒険者以上の腕を誇ります』

『となると、俺が直接戦うことになった場合は、分が悪いのか』

相手が凄腕の剣士という話に、レイトは自分の弱点を改めて認識させられる。

彼の現在の技量では、バルに遠く及ばないのは当たり前だが、もちろんゲインにも対抗できなかった。

アイリスの予想では、現在の彼ではゲインと戦っても勝算はゼロとのことだった。それでも五日以内に行動を開始しなければ、バルは殺害されてしまう。

バルを救い出す方法があるとすれば、彼女を説得するか、あるいは何らかの手段で彼女がゲインと遭遇しないように誘導するか。

しかし彼女は既に固く決意しており、そうした説得や誘導が難しいことは、レイトにも分かっていた。

『ここからゲインの隠れ家まで、どれくらいの距離がある？』

『ウルに乗れば馬車を引いても半日程度で到着できますよ。つまり、自由に行動できる猶予は四日程度ということになりますね』

『四日以内に、凄腕の剣士に追いつく技量を身に付けないと勝てないのか……無理だな』

『無理ですね。四日の間にどれだけ剣の訓練を積もうと、ゲインとの差は縮まりません。だから、レイトさんは別の方法で戦闘を挑む必要があります』

『別の方法……』

『幸いにもゲインは、剣士と格闘家の職業しか持っていません。つまり、魔法を使えないということです。その点ではレイトさんの方が優れていますので、剣以外の能力が有利に働く戦闘に持ち込めば、もしかしたら……』

『魔法で戦うの？』

『違いますよ。戦闘手段の一つとして魔法を使うだけです。要するに、剣と魔法を上手く利用しろということです』

現時点で、剣の技量だけでゲインと戦うのは無茶なのは言うまでもない。

だが、ゲインが真似できない能力を利用すれば、もしかしたら対抗できるかもしれない。

アイリスが教えてくれたその可能性に、レイトは希望を見出すのだった。


冒険者ギルドを出たレイトは、ウルの馬車に乗って移動する。

流石に宿舎に馬車を預けることはできず、一旦都市を離れることにしたのだ。彼が向かった先は、深淵の森を出て最初に訪れた廃村――ファス村だった。

ゴブリンに滅ぼされてはいたが、建物の大半は無事であり、寝泊まりする場所もある。

ここなら、馬車を放置しても、人に迷惑を掛けることはない。

「よし、それじゃあ……練習するか」

「クゥ～ンッ」

「お前は寝てていいよ。どうせ暇だろうし」

「ウォンッ‼」

準備体操をして身体を軽く動かすと、レイトはこれまでに覚えた魔法を確認するためにステータス画面を開く。

彼が使える魔法は、支援魔術師の「補助魔法」と、誰でも使える「初級魔法」だけ。普通の魔術師のように「砲撃魔法」と呼ばれる強力な攻撃魔法は使えない。

なお、砲撃魔法はSPを使用しても覚えることができない。

今覚えている初級魔法なら、SPを使って熟練度の限界値を上昇させることが可能だ。

また、初級魔法限定ではあるが、新しい魔法を覚えることもできる。

「でも、わざわざSPを使って初級魔法を覚える必要はないか……」

そんなわけでレイトは既に覚えている魔法を見直し、魔法と魔法を組み合わせる「合成魔術」を試すことにした。

「風属性と火属性の組み合わせが一番相性がいいんだよな。そうして作ったのが『炎刃』に『火炎槍』だけど、それに『魔力強化』を利用すればもっと威力を上げられるな。やってみるか」

レイトが戦闘時によく使うのは「氷塊」を応用した「氷装剣」と「氷刃弾」だが、魔法としての攻撃力なら、火属性の魔法の方が高い。

「氷塊」は相手を切る使い方が主だが、火属性の魔法は相手を爆破するといった派手なことまでできる。

「よし……まずは『炎刃』から試すか」

レイトは意識を掌に集中させ、補助魔法「魔力強化」を発動させたままの状態で「炎刃」を生み出す。

その瞬間、「魔力強化」で魔法威力が上昇したことにより、彼の掌からいつもより大きい火炎が迸った。

〈技術スキル「火炎刃」を習得しました〉

「おおっ⁉」

手から、巨大な三日月型の火炎の刃が放たれ、前方にあった廃屋に衝突する。

衝撃と共に火炎が迸り、誰も住んでいない廃屋が一瞬にして崩れ落ちた。

レイトがよく使用する「火炎弾」は細かなコントロールができないので一帯を雑に爆破してしまうが、この「火炎刃」は威力が強力にもかかわらず、触れた箇所だけピンポイントに焼き尽くせた。

「こいつは凄いな……『火炎弾』より使いやすいかも」

レイトは新しく覚えた技術スキルの確認を終えると、続いて別の組み合わせを試すことにした。

今度は、初級魔法の「氷塊」と「土塊」を組み合わせてみる。

「『氷装剣』に『重力剣』を使ってみるか」

レイトは右手に「氷塊」の長剣を生成し、さらに掌に紅色の魔力を滲ませる。

退魔刀のように重量のある武器に使う「重力剣」を、軽い「氷装剣」の長剣に試したのは、剣速をさらに上昇させられないかを試すためだ。

しかし、レイトに握りしめられていた「氷装剣」は、重力の変化に耐え切れずに砕け散ってしまった。

「あっ⁉ しまった……失敗か」

「クゥ～ンッ」

「氷装剣」の硬度では、レイトの掌から生み出される重力には耐え切れないらしい。これによって、魔法耐性が高い武器でなければ「重力剣」は使えないことが分かった。

レイトは次にどうしようか悩み、ふと魔法そのものを強化することを思いつく。

「そういえば、普通の魔術師は魔石を利用して、魔法を強化させているんだっけ」

通常、魔術師は杖に取り付けた魔石を利用し、魔法の威力を高めている。そういったことが自分もできないかと思ったのだ。

レイトはアイリスと交信を行う。

『アイリス』

『え、ちょっ……今、着替え中なんですけど』

『あ、ごめん……いや、ちょっと待って。アイリスも着替えとかするの？』

『当たり前じゃないですか。夏は暑いんですから、定期的にシャワーを浴びないと我慢できないんです』

『そっちの世界にも四季の感覚とかあるんだ……そんなことより、俺の訓練見てくれてた？』

『はいはい……なるほど、魔石を使って魔法を強化できないかと考えているんですね。それなら、魔法腕輪（マジックリング）という魔道具がお勧（すす）めですよ。杖を使わずに腕に嵌めるだけで、魔法を強化できますから』

『魔法腕輪（マジックリング）か……どこで売ってる？』

『それならですね、都市に戻らずに手に入れる方法があるんです。ちょうど、誰も使っていない魔法腕輪（マジックリング）に心当たりがありますから』

『嫌な予感がする……』

アイリスの言い方に、レイトは大きな不安を抱く。

それでも彼は、魔法を強化させる魔道具は今後も必要になると考え、アイリスの指示に従うのだった。

ファス村に馬車を残し、レイトはウルに乗って移動した。

彼らがたどり着いたのは、レイトとウルにとって思い出深い場所である。レイト達は今、懐かしの深淵の森にいた。

「あのさ……なんでここに戻ってくるわけ？」

「クゥ～ンッ……」

『しょうがないじゃないですか。森にいた時のレイトさんじゃ回収できなかったから、当時は伝えてなかったんですよ』

ともかく、魔法腕輪（マジックリング）があるという場所はこの森にあるらしかった。以前と変わりがない森の中を、レイトとウルは慣れた足取りで進んでいく。

レイトは溜息を吐きつつ言う。

「それにしても、まさか俺達が住んでいた洞窟の主（ぬし）の死体から魔法腕輪（マジックリング）を回収しろだなんて……最近、死体を漁ってばっかりいる気がするよ」

「ウォンッ‼」

レイトの嘆（なげ）きに、ウルは怒ったように鳴き声を上げる。

「あ、そうか……洞窟の主は、お前の元飼い主だったな。形見（かたみ）は欲しいよな……」

「クゥ～ンッ」

ウルは、レイトと遭遇する前に森人族（エルフ）の女性に飼われていた。人の言葉も彼女から教わって理解できるようになったのだ。

幼少の頃に両親を殺されたウルは、ずっと一匹で生活していたが、ある時そのエルフに拾われ、面倒を見てもらうようになった。

彼女が住んでいた洞窟は、レイトも利用させてもらったが、彼女は当時既に死亡していた。

　アイリスによれば、女性は凶悪な生物に殺害されたらしい。

　既に死体は残っていない。それでも、彼女が装備していた魔法腕輪(マジックリング)は現在も残っているようだった。

　彼女を殺した生物の住処(すみか)に魔法腕輪(マジックリング)はあると、アイリスは教えてくれた。

『彼女は、どんな奴に殺されたんだ？』

『ミノタウロスです。普通は森の中に生息する生物ではないんです……元々は別の地方に暮らしていたんですけど、ある理由でこの森に棲み着き、今ではこの森の主となっているようです。ちなみに、ウルの両親を殺したのもこのミノタウロスですね』

『えっ⁉』

『そして、森人族(エルフ)の女性は単独でミノタウロスに挑み、ウルの代わりに両親の仇(あだ)を討とうとしたようですが、力及ばずに敗(やぶ)れました』

　レイトは、ウルの頭を撫でながら森の中を進んでいた。

　どうやらこれから会いに行こうとしているミノタウロスというのは、ウルにとって随分因縁(いんねん)のある相手らしい。

　ちなみに、彼らが今向かっているのは、深淵の森の南部である。この森で生活していた時は、アイリスから近づかないように注意されていた地域だった。

初めて訪れる場所を、レイトとウルは警戒を解かずに慎重に進む。

しばらくして、森の中に流れる小川を発見した。

「この先か……ウル、気をつけろよ」

「ウォンッ‼」

アイリスからは、小川の先に目的地があると聞いていた。レイトとウルは勢いよく「跳躍」して小川を飛び越えると、川上に向けて移動する。

小川をたどりながらレイトは周囲の様子を窺い、ふと疑問を抱いた。

「おかしいな……全然魔物の気配がしない」

深淵の森は、魔物の巣窟である。

特に水場には、ブラッドベアのような熊型の魔物が魚を目的に訪れるはずだ。しかしどういうわけか、レイトとウルは魔物に一匹も遭遇していなかった。

無駄な体力を消費せずに移動できるのは良いことだが、全く魔物が現れないのでレイトは不安になっていた。

レイトは背中の大剣を握りしめる。

「どうして何も現れないんだ……ウル、お前の鼻は何か感じるか？」

「クゥンッ……」

レイトの問い掛けにウルは首を横に振る。ウルの嗅覚でも魔物の存在を捉えられないようだ。周囲にはやはり魔物はいないらしい。

疑問を抱いた彼はアイリスに森の異変について尋ねてみることにした。

『アイリちゅっ‼』

『また噛みましたね？　このシリアスな状況で噛みましたね？　というか、心の中で呼ぶだけなのに噛むって……本当にドジッ子属性に目覚めたんですか？』

『うっさい……何が起きてる？』

『良かったですね。その周辺に魔物はいませんよ……だって、この森のボスの縄張りなんですから』

『縄張り……そういうことか』

魔物に限らず獣は、自分の住処に他の獣を入れないようにするものだ。もし、縄張りを侵されるようなことがあれば、容赦せずに襲い掛かる。

レイトとウルは既に、深淵の森の主であるミノタウロスの縄張りに侵入していた。

『この周辺にはどんな魔物がいる？』

『ゴブリンやコボルトはいませんが、オークやブラッドベア、それに数は少ないですが、オーガも存在します。それでも縄張りに入ってこないのは……』

『森の主を恐れているわけか……くそっ』

他の魔物の気配を感じなかったのは、ミノタウロスを恐れて魔物達が近づかなかったためである。オーガでさえ寄せつけない威圧感を、ミノタウロスは持っているらしかった。

待ち受けているミノタウロスという存在に怯え、ゲインと戦う前に殺されないようにと祈りながら、森の中を進んだ。


「ここか……でかいな」

「グルルルッ……」

「落ち着け」

レイトとウルが到着したのは、大きな滝だった。

彼らは滝の周囲の様子を慎重に窺う。

アイリスの話では、ここをミノタウロスが住処としているらしい。以前、レイト達が使用していた隠れ家のように、滝の裏には洞窟があるとのことだった。

元々、滝の裏には何もなかったのだが、ミノタウロスが自力で岩壁を掘り、寝泊まりできる洞窟を作り出したようだ。

なお、ミノタウロスの戦闘力はブラッドベアを遥かに上回る。

実際、ミノタウロスはこの周辺を支配していたブラッドベアの集団を単独で殲滅していた。危険度は五段階のうちの四段階目であり、Aランクの冒険者が集団で挑まなければ倒せない。

　それほどの危険を冒して、レイトがミノタウロスのもとに赴いたのは、ウルの元飼い主の形見を手に入れるため、そしてアイリスの助けを期待してのことだった。

　レイトは、滝の奥の洞窟に隠れているはずのミノタウロスを誘き寄せるため、意を決してウルの背中を叩く。

「ウォオオオンッ‼」

　周囲にウルの咆哮が響き渡った。

　滝の上から様子を窺っていたレイトが大剣を引き抜いた瞬間、流れ落ちる滝の中から派手な水飛沫を上げて巨体が飛び出した。

　現れたのは、人間と黒牛が合わさったような見た目の化物——ミノタウロスである。ミノタウロスはレイトとウルの前に降り立つと、鼻息を荒くしながら見下ろす。

「ブフゥウウウッ……‼」

　体長は二メートルほどでオークと同程度であるが、威圧感はオークの比ではない。全身はオーガのように筋肉に覆われている。身体は黒色の体毛で覆われているが、手足は人間そのもので、顔は牛のようであった。

　アイリスによると、ミノタウロスは魔物ではなく魔人族の一種であるらしい。

　ゴブリンを上回る知能を持ち、倒した相手の装備品や骨などを剥ぎ取って、装飾品のように身に着ける習性がある。

実際、レイトの目の前に立つミノタウロスは、角の部分に銀色に輝く腕輪をぶら下げていた。またその手には巨人族（ジャイアント）が使うような斧を持ち、腕にはミスリル製の鎖（くさり）を巻き付けている。

レイトは、アイリスから注意されていたことを思い出す。

『気をつけてください。このミノタウロスは元々は、戦奴（せんど）といって戦争目的で連れてこられた個体です。腕に巻き付けられている鎖は奴隷時代に付けられた拘束具（こうそくぐ）ですが、今では武器として利用しています。装備している斧は特別な魔道具ですから、物理的に破壊することは不可能だと考えてください』

レイトは明らかな強敵を前にして苦笑（にがわら）いを浮かべると、大剣を握りしめて向かい合う。

「くっ……‼」

「グルルルルッ‼」

「ブモォッ……‼」

ミノタウロスは、大剣を構えるレイトと唸り声を上げるウルを見下ろしていた。そしてふと、ウルに視線を向けると、ミノタウロスは動きを止めた。

その様子にレイトが疑問を抱いていると、やがてミノタウロスはゆっくりと手を自分の頭部に伸ばす。

そして頭の角に付けていた魔法腕輪(マジックリング)を外(はず)して、地面に放り投げた。

「ブフゥッ……‼」

「ウォンッ……⁉」

「え？」

唐突なミノタウロスの行動に、レイトとウルは戸惑う。

それからミノタウロスは黙ったまま振り返り、立ち去った。

レイトは呆気に取られて動けずにいたが、ウルは地面に落とされた魔法腕輪(マジックリング)に視線を向け、鼻を擂(す)り寄せる。

「クゥ〜ンッ……」

「ウル……」

ウルは魔法腕輪(マジックリング)を口に咥(くわ)えると、ミノタウロスの後ろ姿に視線を向けた。ウルの瞳には怒りと悲しみの光が灯っていた。

レイトはミノタウロスの行動に戸惑いながらも、ウルを押さえつけるように抱きしめる。

黙って立ち去るミノタウロスを見送りながら、レイトはアイリスに交信を行う。

『アイリス』

『ふうっ……助かりましたね。あのミノタウロスがウルのことを覚えていたようで良かったです』

『一体何が起きたの？』

『ご覧の通り、ミノタウロスが見逃したんですよ。あのミノタウロスは四年前に戦ったエルフとウルのことを覚えていたようです』

アイリスの説明によると、ミノタウロスは非常に凶暴ではあるが、同時に人間の武人のような性格をしているらしい。倒した相手の戦利品を奪うのは、自分に挑んできた者に対して敬意を抱いているからとのことだった。

知能が高いミノタウロスは、四年前に戦闘を挑んできたウルの飼い主の森人族、ミルのことを覚えていた。

ウルの両親の仇を討つためにミノタウロスに挑んだミルは、結局撃退されたが、ミノタウロスが魔法腕輪を貰い受ける強者だった。

ミノタウロスはその際、ミルとウルが種族の違いを超えて、親子のように親しくしているのを見ていた。魔法腕輪をウルに差し出したのは、そのことを覚えていたためであった。

ミノタウロスは、力が弱い生物には手出ししない。

戦うのは、彼が脅威であると認めた存在だけである。実際、ウルの両親を殺した時も、子供で力が弱かったウルには手は出さなかった。

今回、ミノタウロスがレイトとウルを襲わなかったのは、彼らが戦うに値する相手ではないと判断したためである。彼らがミノタウロスの強敵となりえるなら問答無用で襲い掛かっていた。

結果として、レイトとウルはミルの形見である腕輪を取り返すことに成功したが、奇妙な敗北感を味わっていた。

黙って立ち去るミノタウロスの後ろ姿を見ながら、彼らは何もできない自分達の非力さを恨んだ。

「……行こう」

「クゥ～ンッ……」

悔しげな表情でレイトはウルに声を掛け、ミノタウロスの気が変わらないうちにその場を離れた。

ウルは何度か振り返ったが、結局は何もできずにレイトの後に従う。ウルは口の腕輪を強く噛みしめていた。

無事にミノタウロスから魔法腕輪（マジックリング）を回収したレイト達は、自分達が住んでいた洞窟に戻る。

すぐに森の外に抜け出さずここに立ち寄ったのは、魔法腕輪（マジックリング）の効力を試すためである。森の中は魔法の訓練を行うには都合が良いのだ。実戦で効果を確かめようと、彼らは洞窟で一夜を過ごすのだった。

「ふああっ……ここで起きるのも久しぶりだな」

「クォオッ……」

「うわ、お前、欠伸（あくび）するとそんな声が出るのか」

ウルを枕代わりにして寝ていたレイトが起き上がる。いつもはウルが先に起きて彼を起こすのだが、今日は一緒に目を覚ました。

レイトの左腕には、ミノタウロスから渡された魔法腕輪（マジックリング）が嵌められていた。

彼は腕輪に視線を向けて、八つの窪（くぼ）みを確認する。

魔法腕輪（マジックリング）は、魔法の威力を高める魔道具である。ただしその力を発揮（はっき）するためには、窪みに魔石を取り付けなければならない。

現在付けているのは、廃村から回収した結界石だ。他には腐敗石も持っていたが、それを付けると、ウルが嫌がるのでもちろん付けていない。

『この結界石はどうやって発動するんだろう……アイリス？』

『結界石は、表面に刻まれている文様（もんよう）に指先を当てて、呪文を唱（とな）える必要があります。その結界石の場合は、シルドと呟いてください』

「『シルド』」

アイリスに指示されたように、レイトは呪文を唱える。

すると、彼の左腕に緑色の防護壁（ぼうごへき）が展開し、五十センチ程度の円形の盾が形成された。

試しに指で触れると、ゴムのような弾力で跳ね返された。

「おおっ……これは少し格好いいかな。だけど、指を当てないと効果がないのか……戦闘で使うのは難しいな」

「ペロペロ……」

「うわっ、舐めるなよ‼　ゼリーじゃないぞ⁉」

左腕に展開された円盤型の防護壁をウルが舌で舐めてくるので、レイトは慌てて引き放す。

取り扱いが難しそうな魔道具だが、物理攻撃を防げるようなので、上手く使えば役立つ可能性が高い。

そう思いつつ、レイトは当初の目的を思い出して呟く。

「あと三日か……その間に強くならないと、バルは死ぬんだな」

「ウォンッ‼」

「分かってる。弱音(よわね)は吐かないよ」

レイトにとってバルは、出会って一、二週間の間柄(あいだがら)に過ぎない。しかし、彼女には色々と世話になった。見殺しにできるわけがない。

それ以前に、本来ならば死亡するはずがなかった彼女を、死の運命に追い込んだのは自分である。レイトはそのことが後ろめたかった。

「まずは、例の剣技を完全に使いこなさないとな」

レイトが補助魔法を発動した瞬間、彼が装備している魔法腕輪（マジックリング）の魔石が光り輝き、全身から白色の光が迸（ほとばし）る。

その様子を確認したレイトは、戸惑いながらも大剣を握りしめ、その場で剣を振りかざす。

「『撃剣』!!」

全身の筋肉を利用して振り切った瞬間、凄まじい風圧が生じる。

攻撃速度も威力も、これまでに覚えたどの戦技よりも勝っていた。しかしその分大振りになってしまい、発動した後は大きな隙が生まれてしまう。

「う～ん……『撃剣』は強力だけど、やっぱり慣れるには時間が掛かりそうだな」

「ウォンッ!!」

「それに、ウルみたいに足の速い奴には避けられるだろうしな。そういう点では『回転』の戦技と同じ弱点があるんだな」

レイトはそう言ってウルの頭を撫でてやると、考え込む。

戦技「回転」は、文字通りに回転して攻撃する技だ。回転する前に止められたら意味はなく、回転が増す度に速度と攻撃力が上がるが、防御や回避はできなくなってしまう。

「『撃剣』の場合は力を溜めて振り抜くから初めから速い。けれど『回転』と比べると、威力は落ちるからな……待てよ？　初め……？」

突然レイトの脳裏に、アイデアが浮かぶ。

身体に掛かる負担が大きいが、魔法腕輪（マジックリング）を装備して「筋力強化」を発動すれば耐えられるかもしれない。そう考えた彼は試してみることにした。

「ウル、下がってろ……巻き添えをくらうぞ」

「ウォンッ？」

「ちょっと実験するだけだよ」

ウルを安全な場所まで下がらせ、レイトは大剣を握りしめる。

初めから最高速度を出す「撃剣」、そして剣を振り回す度に威力を上昇させる「回転」、この二つの戦技を組み合わせれば、かなり強い技ができるはず。

レイトは「筋力強化」の魔法を発動させる。

「よし……やるか」

何度か、大剣を横薙ぎに振って、素振りを繰り返す。

彼は覚悟を決めて「撃剣」と「回転」を同時に発動させる。

「はああっ‼」

大剣を勢いよく振りかざして戦技を同時に発動した瞬間、彼の体に激痛が走った。思わず彼は大剣を手放してしまう。

「うわぁっ⁉」

「ウォンッ⁉」

レイトは地面に倒れ、彼とは反対の方向に大剣が転がっていった。

声を上げたウルにレイトは頷くと、両腕の痛みに顔を顰めながら起き上がる。

「いてて……くそ、失敗したのか。やっぱり、戦技の同時発動は難しいか……だけど絶対に無理というわけでもなさそうだな」

「クゥ～ンッ……」

「大丈夫だよ。むしろこれくらい無茶をしないと勝てないからな……」

彼が戦おうとしているのは凄腕の剣士であり、剣の技量では遠く及ばないのは分かっていた。だから、魔法を利用した戦法が必要なのだ。

レイトは「筋力強化」に加えて、「重力剣」のスキルも発動してみることにした。

「少しでも負担を減らさないとな……これでよし」

大剣を握り直し、刀身に紅色の魔力を滲ませて持ち上げる。重力を操作する能力で大剣の重量を軽くし、高々と振りかざす。

「せいやぁっ‼」

再び剣を振り切り、二つの戦技を発動させようとするが、やはり肉体に激痛が走り、大剣を手放してしまう。

「くぅっ……また失敗か」

「ウォンッ……」

「平気だよ、少しだけコツを掴めた気がするし……成功するまで続けてやる」

痛む肉体を「回復強化」の魔法で回復させ、レイトは少し考える。

大剣を手放してしまう原因の一つが握力（あくりょく）の弱さであることに気づいた彼は、この訓練で自分の身体を鍛えることにした。

そうして彼は、闇雲（やみくも）に剣を振り続けた。

「これは……どうだっ‼」

単純に大剣を振るだけではなく、勢いよく踏み込みながら、全身の筋肉を使って振り抜く。

それを繰り返していたところ、これまでの中で一番速い速度で剣を振り抜くことができた。振り抜いた後も体勢が崩れることはなく、綺麗に踏み留まっている。


〈複合戦技「回転撃」を習得しました〉


「あ、何か覚えた。でも、複合戦技？」

「クゥンッ？」

レイトの視界に、スキルを習得した際に映し出される画面が表示される。

しかも「戦技」ではなく、「複合戦技」という見たことのない項目が表示されていた。

どうやら技術スキルとは違うらしく、戦技同士の組み合わせで誕生したスキルらしい。

「『回転撃』‼」

早速覚えた戦技を発動した瞬間――先ほどよりも素早く大剣を振り抜くことに成功し、風切り音が鳴り響いた。

体力の消耗が普通の戦技よりも上らしく、発動した直後、レイトは膝から崩れ落ちてしまった。

まだ使い慣れていないが、慣れれば強力な戦技になることは間違いなかった。

「よし、他の戦技も試してみよう。今度は『兜割り』と『撃剣』だな。でも、その前に休憩を挟もう」

「ペロペロッ……」

「うわ、ちょ、今は汚いって……あはは」

顔を舐めてくるウルに、レイトは心配してくれたのだと気づいた。彼はウルを落ち着かせるように頭を撫でる。

レイトは、自分が覚えている四つの剣の戦技を組み合わせ、新しい戦技を次々と生み出していくのだった。

◆◆◆

深淵の森でレイト達が訓練を行っている間。イミル鉱山を冒険者ギルドと王国軍からなる調査団が訪れていた。

バルが選出したAランクの冒険者が二名と、都市に配備されている王国の兵士が十名という編成の調査団は、武装したゴブリンの死体を回収するという任務を受けていた。

だが、彼らが採掘場に到着した時、既にゴブリンの死体はなかった。残っていたのは、戦闘の痕跡だけである。

旧帝国の人間が証拠隠滅したのだろう。そう判断した彼らは、手がかりを探すため、洞窟内部を調査しようとした。

その矢先――彼らは洞窟の入り口で死亡してしまう。

殺害方法は、「斬殺」であり。そして同時にその様は「惨殺」でもあった。

身体中の肉が切り裂かれ、見せしめのように頭部だけを地面に並べられ、辺りには血溜まりが形成されている。

彼らを殺したのは、隻眼の剣士である。

彼は、握りしめる赤色の刃の日本刀を見ながら、自分が斬り捨てた死体の上に座っていた。

「ああっ……美しい、なんて美しいんだ」

彼が見ているのは、赤く美しい刀ではなく――その先に見える斬り伏せられた死体であった。

彼は、無残(むざん)に切り裂かれた死体を見て、恍惚(こうこつ)の表情を浮かべている。

刃から滴(したた)り落ちる血液を、勿体なさそうに舐める。

そして、発達した犬歯(けんし)を剥き出しにして笑みを浮かべた。その瞳は、異様なまでに赤く輝いている。

少年のような容姿(ようし)の男は、死体から流れ落ちる血液を見て興奮(こうふん)しているようであった。

この男こそがバルの仇であり、同時に彼女と二十年以上の付き合いがある宿敵(しゅくてき)、ゲインである。

現在の彼は人間ではなく、魔人(デーモン)族の吸血鬼(ヴァンパイア)だった。

吸血鬼(ヴァンパイア)は、他種族を吸血鬼に変化させる能力を持っており、元々は普通の人間だったゲインは数十年前に吸血鬼にされた。

吸血鬼の特徴は、血液を吸い続ければ老化しないこと。事実、ゲインは十五歳の頃から容姿が全く変化していない。ちなみに、吸血鬼が最も好むのは人間の血液であり、既に死亡している彼らは、自ら血を作り出すことができないため、吸った血を自分のものとして

いた。

　足元に落ちた女性の死体に視線を向け、ゲインは本気で悲しむように涙を流す。

「君達人間は僕達の餌なんかじゃない……共に生きるべき種族なんだ。だけど悲しいなぁ……僕の奴隷になることを拒むなんて……」

　ゲインは調査員の人間と遭遇した時、彼らに降伏するように求めた。しかし断られてしまったので、仕方なく彼らを殺したのだった。

「悲しいな……人間と僕らは分かり合えるはずなのにこんなことになるなんて……ねえ、君もそう思うだろう？」

「……下衆が」

　ゲインは後方を振り返り、自分と同じく旧帝国に所属する幹部に話し掛ける。だが、彼の振り向いた先には誰もいなかった。そこにあるのは、大きな岩だけである。

　彼が話し掛けているのは岩陰に隠れている人物で、滅多に人前に姿を現さない「暗殺者」の職業の人間だった。

　ゲインは自らの言葉に陶酔しているように続ける。

「君も、僕の考えをまだ理解できないのかい？　人間は吸血鬼の家畜ではなく、共生できる相手なんだよ。だから、彼らの意思を尊重しなければならない」

「お前の思想に興味はない……私はあの方に報告に行く。お前はどうするつもりだ？」

「ああ……この近くの都市にやっと僕の存在に気づいた人間がいるからね……僕の家族と共に迎えるよ」

「奴隷の間違いじゃないか？」

「……何だと？」

岩陰に隠れた人物のからかうような言葉に、ゲインは表情を一変させる。

彼は握りしめた紅色の刃の刀を腰の鞘に納めると、尋常ではない殺意を漂わせ、即座に岩に接近して刀を引き抜いた。

「――『抜刀』」

刃が岩に衝突した瞬間、紅色の斬撃が生じる。

岩石がバターのように容易く切断されると、岩陰に隠れていた人物の気配が消えた。

「……逃げたか」

斬り落とした岩石が崩れ落ち、ゲインは岩石の後方に視線を向けて眉を顰める。そうして彼は刀を納めて、左目の傷に触れた。

吸血鬼である彼にこの傷を付けたのは、元Sランクの冒険者である。

現在は、冒険者ギルド「黒虎」のギルドマスターであるバル。彼女に与えられた傷跡に触れながら、口元に笑みを浮かべる。

吸血鬼と化した彼は、他者の血液を吸うことで力を増幅させることや傷を治すことができた。しかし、彼は左目の傷跡をあえて残していた。

彼は自分のことを恨み、探し回るバルとの再会を望んでいたのである。

傷はその象徴だった。

彼女の両親を殺したのはゲインであり、そして二年前に彼女の最愛の人を殺したのもゲインだった。

「さあ……早く来るんだ。僕の愛しい人よ……復讐を誓う人間の血液こそ、僕にとっては最高の食事なんだ」

ゲインは数十年掛けて作り出したその「好物」が、自分の前に現れるのを待ち続けていた。

◆◆◆

深淵の森から帰還したレイトはファス村に戻ると、馬車の中で身体を休める。

久しぶりに野宿ではなく、暖かい毛布に包まれて就寝したことで疲労が癒え、目を覚ました時は既に昼になっていた。

「ふああっ……眠い」

「ウォンッ‼」

「はいはい、ご飯ね……今日はイノブタのシチューだぞ」

目覚めて早々に自分のもとに駆けつけたウルの頭を撫で、レイトは収納魔法から食材と調理の道具を取り出して料理を行う。

薪がなくとも「火球」の魔法を利用すれば焚火の代わりになる。都市で購入した調味料を利用して、鍋の中にイノブタの肉と野菜を入れてシチューを作る。

「んっ……美味い」

「クゥ～ンッ……」

「お前は味見は駄目、少し冷まさないと食べられないだろ」

ウルが羨ましそうにレイトを見上げるが、狼ではあるが猫舌のウルのために、レイトは皿に載せたシチューを冷めるまで食べないように注意する。

その間に自分は食事を終え、道具の手入れをした。それから周囲の建物を巡って、回収できる道具を探す。

「大分日にちが経っているから……随分と荒らされているな」

彼が最初に来た頃はそうでもなかったが、村の建物の中は、外部から訪れた人間に物色されてしまったらしい。

日用品の類は殆ど残っていなかったが、それでも割れた皿や壊れた椅子くらいならあった。

錬金術師の能力を使えば再利用できる道具は多い。こうしてレイトは、誰も住んでいない家から色々な物を調達した。

前回訪れた時は、ナオ率いるヴァルキュリア騎士団が途中で現れたせいで、村全体を調べることはできなかったが、今回は役立ちそうな道具を発見できた。

「これで全部見回ったかな……後は例の作戦が上手くいくといいけど」

「クゥ～ンッ」

「どうしたウル……ん？」

建物から出てきたレイトにウルが駆け寄る。何故かウルは悲しそうな声を出して、レイトに身体を擦りつけてきた。

レイトは不思議に思って、ウルの来た方を何気なく見ると、そこには大男がおり、シチューが残っていた鍋に食らいついていた。

「んぐぐっ……‼　美味いっ‼」

「うわっ⁉　誰だ⁉」

「ウォンッ‼」

レイトは咄嗟に大剣を引き抜く。しかし大男はレイトに気づかず、鍋を両手で持ち上げると、鍋の中のシチューを一気に口に流し込んだ。

大男は座っていてもレイトを上回る巨躯（きょく）であり、巨人族（ジャイアント）と呼ばれる種族なのは間違いなかった。

　巨人族(ジャイアント)の男は鍋が空(から)になると、満足したように鍋を手放した。そして、シチューの具材を張り付けた顔で、満足げに腹を撫でる。

「ふう……美味かった」

「それはどうも」

　思わずお礼を言ってしまったレイトに、大男は驚きながら尋ねる。

「むっ……お前達は誰だ？」

「ウォンッ‼」

　ウルが「こちらの台詞(せりふ)だ‼」とばかりに吠(ほ)える。

　彼はレイトと空(から)になった鍋を交互に見ると、全てを察したように頷いた。そして突然、その場で土下座(どげざ)した。

「すまない‼」

「えっ？」

「クゥ〜ンッ……？」

　巨人族(ジャイアント)の男の行動に、レイトとウルは驚いた。巨人族(ジャイアント)の男は額を地面に擦りつけながら謝罪する。

　レイトとウルは顔を見合わせ、ひとまず彼の話を聞くことにした。

巨人族の男の名前はゴンゾウ。彼は冒険者として、ファス村の近くに現れた甲殻獣という魔物の討伐依頼を引き受けたらしい。

その魔物の討伐には成功したが、戦闘の際にゴンゾウは深手を負い、食料や水も失ってしまった。

何とか徒歩でファス村にたどり着いたが、酷い空腹で倒れそうだった。そんなところへ、鍋から良い匂いがしてきたわけで……気づいたら食らいついていたという。

ゴンゾウが食事代を払うというので、レイトは収納魔法を発動して大量の干し肉を渡してあげた。

「はい、これだけあれば街までは持つでしょ？」

「すまない……お前も悪かったな」

「ウォンッ‼」

ゴンゾウは勝手に料理を食べてしまったことをウルに謝罪すると、ウルは気にするなとばかりに鳴き声を上げた。

レイトから食料を受け取った彼は、懐から銅貨が大量に入った小袋を差し出す。

「悪いが今はこれだけしかない。ギルドに戻れば依頼の報酬を受け取れるんだが……そうだ、一緒に来るか？」

「いや、俺は用事があるから……それにこっちは馬車で移動することになるし、別に気にしなくていいよ」

「そうか……俺は冒険者ギルド牙竜のDランク冒険者だ。俺にできることがあったら何でもするぞ。いつでも訪ねてきてくれ」

「牙竜……うん、分かった。覚えておく」

レイトはゴンゾウと握手を交わし、親交を深めるのだった。

『巨人族の新しいお友達ができましたね』

『うん……ああ見えて、実は俺より年下だったよ』

『マジっすか』

アイリスと交信したレイトは、この世界の全てを知っているはずのアイリスがゴンゾウの年齢を知らないことを疑問に思いつつ、イミル鉱山に向けて馬車で移動した。ウルの速度なら夜にはたどり着く予定だ。

イミル鉱山にはもちろん、旧帝国の幹部であるゲインがいる。アイリスの情報では、彼はただ一人、イミル鉱山でバルを待ち続けているようだった。

『どうやらあちらも、バルさんの情報を掴んだようですね。今が好機です。彼の部下が鉱山にたどり着くのは明日の朝。その間までは一人でいます』

『なるほど……だけど、今の俺に勝てるかな?』

『諦めるという手段もありますよ』

『冗談』

『まあ、しょうがないですね……事前に私が教えた方法は、頭に叩き込んでありますか？』

『分かってる』

レイトはゲインの情報をアイリスから伝えられていた。ゲインの扱う剣技も、バルとの詳しい関係性も分かっている。

ゲインは、剣士の職業の人間でも滅多に覚えることができない「抜刀」と呼ばれる戦技を習得しており、彼はこの剣技のみで数百人の人間を惨殺していた。

また、彼は殺す前に必ず相手の肉体を細切れにし、わざと痛めつけるらしい。

『それにしても吸血鬼か……十字架やニンニクを持っていれば襲われないかな？』

『レイトさんの世界の吸血鬼はそれらが苦手なようですけど、生憎こちらの世界の吸血鬼にはそんな物は効きませんよ』

『え、ちょっと待って……俺の世界でも吸血鬼って実在するの？』

『普通にいますよ。でも、レイトさんが心配しているように人間を襲うことはしません。吸血鬼は病院を経営していて、人間から輸血という形で血液を採取してます』

『マジか……じゃあ、小学校の頃に泣いて嫌がる俺から血を抜き取った医者は吸血鬼かもしれなかったのか』

『どうですかね……あちらの世界に関しては私の管轄外ですから、詳しくは分かりませんけど……』

　アイリスとの交信を終え、レイトはゲインとの戦闘を前に事前に考えた作戦を頭の中で思い浮かべた。深淵の森で何度も訓練して遂に完成させた、新しい剣技を試すのである。

「よし……上手くいけよ」

「ウォンッ‼」

　レイトが覚悟を決めたのと同時に、馬車を引いていたウルが立ち止まった。遂にイミル鉱山の麓(ふもと)に到着したようだ。ここから先は馬車を置いて移動する。

　レイトは魔法腕輪(マジックリング)と退魔刀を装着して、山道を登った。

「……暗いな」

「クゥ～ンッ……」

　以前も訪れたことがある鉱山だが、前回にはなかった緊張を感じていた。

　ウルも異様な雰囲気(ふんいき)を察し、普段の彼らしくない怯えた表情をしており、レイトの後に続く。

「ウル……お前はここに残っていてもいいんだぞ」

「ウォンッ‼」

「うわ、分かったよ……一緒に来るんだな」

　ウルは怒りの声を上げ、レイトの背中を前足で叩いた。

そんな相棒の行動に苦笑しながら、レイトは大剣を握りしめて気合いを入れた。そうして暗殺者の「無音歩行」「隠密」「気配感知」「気配遮断」のスキルを発動させてさらに進む。

「……やばいな、帰りたい」

「クゥ～ンッ……」

山頂にたどり着いた瞬間、レイトとウルは殺気を感じ取った。

そこは既に、血の匂いが立ち込めている。

山頂の採掘場には、無数の人間と魔物の死体が散乱しており、全ての死体は細切れにされていた。

唯一、頭部だけは綺麗なまま並べられており、人間以外にゴブリンのような魔物の頭部も交じっていた。

採掘場の出入口には、バジルと思われる死体が十字架のような木の杭に固定されている。

この死体だけは頭部が切り離されておらず、身体中に切り傷があった。

レイトは口元を押さえ、視線を逸らす。

「事前に聞いていたけど……惨すぎる」

「グルルルッ……‼」

この惨状を生み出した張本人がどこにいるか捜すため、レイトがアイリスと交信しようとした瞬間——背後から囁かれた。

「やあっ」

「っ……⁉」

「ウォンッ⁉」

耳元に男の声が聞こえ、レイトとウルは同時に振り返る。しかしそこには誰も存在せず、すぐ横にあった岩の上から声を掛けられた。

「君達は何者だい……単なる通りすがりというわけじゃなさそうだね？」

「……どうも」

レイトが声のした方を振り向くと、そこには美少年としか形容できない美しい顔立ちに、華奢（きゃしゃ）な体格の少年が立っていた。

少年にしか見えないその人物からは、オーガよりさらに凄まじい威圧感が放たれている。危険な雰囲気が漂い、レイトとウルは戦闘態勢に入る。

「あんたがゲインか」

「へえ……僕のことを知っているあたり、やはり、通りすがりの冒険者というわけではなさそうだね」

「グルルルルッ……‼」

「白狼種か、ふんっ……汚（けが）らわしい」

レイトを見てゲインは嬉しそうな表情を浮かべたが、その傍に控えるウルに視線を移すと眉を顰めた。

ゲインは人間には好意を抱いているものの、他の生物は嫌悪しているらしい。

彼が腰の鞘に手を伸ばしたところで――

「させるか‼　『火炎弾』‼」

「おっと」

ウルに攻撃を仕掛けようとしていると察したレイトは、炎の塊を砲弾のように放った。

しかし、ゲインは顔色一つ変えずに最小限の動作で回避する。

今回レイトが生み出した「火炎弾」は、「火球」「風圧」「魔力強化」の三つの魔法を組み合わせた攻撃魔法である。

炎の塊はゲインの横を通り過ぎ、その背後にあった岩を派手に吹き飛ばした。

あまりの衝撃に、ゲインは一瞬だけ目を見開き、感心したように拍手する。

「これは凄い……‼　こんな魔法、見たことがない‼　素晴らしいよ君はっ‼」

「そいつはどうも‼　『火炎刃』‼」

「火炎弾」では攻撃の狙いが粗いと感じたレイトは、広範囲にもピンポイントにも攻撃できる「火炎刃」を発動させ、三日月状の火炎の刃を放った。

しかし、ゲインはその場で「跳躍」して回避する。さらに周囲に存在する岩の上を軽快に飛び回りながら、レイト達の周囲を移動した。

「ほら、ここだよ‼」

「くそっ……舐めるなっ‼」

「ウォンッ‼」

自分達の周囲を飛び回るゲインに、レイトとウルは翻弄されていた。

そこから移動しようにも、先回りするようにゲインが飛んでくるので、彼らは一歩も動けなくなってしまった。

レイトも「跳躍」のスキルが使えるが、ゲインの方が彼よりも圧倒的に速い。ゲインは瞬間移動のように消えては現れ、気づけばレイトの背後にいた。

「君は魔術師かい？　それなら僕に敵わないことは分かるだろう？　君達の速度じゃ追いつけないよ」

「うるさい‼」

「ウォンッ‼」

あえて苛立ちを隠さずに大声を張り上げるレイトとウル。

彼らは執拗に自分達の周囲を飛び回るゲインを目で追いつつ、背中合わせになって立ち止まった。共に速度で自分達に勝る相手との戦闘は初めてである。

「くそっ……それなら、これはどうだ‼」

「……何の真似だい？」

レイトがそう言って掌を地面に押し当てると、即座にゲインが足場にしていた岩石に異変が生じた。

レイトが掌を当てた場所を中心に振動が広がり、岩石が崩れていく。慌ててゲインが地面に着地したのを確認すると、レイトは掌を離した。

「何をしたんだい？」

「『土塊』だよ……初級魔法の」

「初級魔法……？」

レイトは「土塊」で周囲一帯の地面を操作し、小規模ではあるが地震を引き起こした。その結果、彼らの周りにあった無数の岩石は倒壊し、ゲインが跳び回れるような安定した岩場はなくなってしまった。

「これで条件は同じ……だろ？」

「どうかな……確かにこんな不安定な足場では『跳躍』できなくなったが、それは君達も同じだろう？」

ゲインはそう言うと、足元のひび割れた地面を確認して眉を顰めた。それでも彼は余裕の表情を崩さず、レイト達に近づく。

「お遊びはここまでにしておこう……そろそろ、斬るよ」

「ああ、そう……来いよ」

「グルルッ‼」

ゲインから異様なまでの殺気を感じ取り、レイトとウルは身構える。

ここから先は純粋な殺し合いとなる。

レイトは覚悟を決めると、退魔刀を引き抜いた。その刃はレイトの前世において最強の金属製である。彼は深淵の森での訓練を思い返す。

過去にただ一人、ゲインを打ち破ったというバルから教わった「撃剣」。その技術を応用し、レイトは新しい技を身に付けてきた。

「撃剣」の極意は、全身の筋肉を利用することである。レイトは、身体能力を強化する補助魔法を発動させた。

「『筋力強化』‼」

「……補助魔法？」

自分自身に支援魔法を施したレイトを見て、ゲインは立ち止まる。

補助魔法を使えるのは支援魔術師である。自分に挑んできた人間が不遇職である支援魔術師に過ぎないと知り、ゲインは驚き、そして表情を一変させた。

「つまらない……死ね」

「っ⁉」

「ウォンッ⁉」

ゲインはレイトに興味をなくし、さっさと勝負を決めるべく動きだした。すぐさま刀に手をかけ、戦技を発動させる。

「『抜刀』」

「『シルド』‼」

レイトは左腕の魔法腕輪（マジックリング）の結界石を発動させ、緑色の防護壁を生み出して日本刀を弾いた。物理攻撃に対して驚異的（きょういてき）な防御力を誇る防護壁に攻撃を防がれ、ゲインは目を見開く。

「結界っ？」

「ウォンッ‼」

「おっと」

隙を見せたゲインにウルが飛び掛かるが、彼は後方に移動して攻撃を回避する。

攻撃を受けるのには成功したが、それでも衝撃を殺すことはできず、レイトは退魔刀を手放してしまった。

「くっ……」

「なるほど、結界石を所持していたのか……だが、腕しか守れないなら意味ないね。終わりだ」

無防備なレイトに対面すると、ゲインは笑みを浮かべる。ゲインが刀を鞘に戻し、もう一度「抜刀」を発動しようとした瞬間――

「どう、かな‼」

「っ⁉」

レイトは腰に付けていた小袋を取り、ゲインに投げつけた。

予想外の攻撃に、ゲインは反射的に小袋を斬るが、裂かれた小袋の中身は、粉末になるまで砕かれた腐敗石だった。

彼は全身に粉を浴び、悲鳴を上げた。

「ぎゃあぁあああああああっ⁉　臭い、臭ぃぃいいいいっ‼」

「うわっ⁉」

「ウォンッ⁉」

先ほどまでの余裕の態度がなくなり、転がり回るゲイン。

腐敗石は人間には害はないが、魔物にしか感じ取れない悪臭を放つ。魔人族(デーモン)は人間と魔物の特徴を有した種族であり、当然だが吸血鬼のゲインも例外ではない。

レイトは、バジルが魔物の糞で作った粉末でウルを行動不能に追い込んだことを覚えていた。そしてアイリスの助言も受けて腐敗石を粉末になるまで磨り潰し、出来上がった粉を小袋に詰めて腰に装着していたのだ。

ちなみに、魔獣であるウルに腐敗石が効きづらいのは、元飼い主のミルから訓練を受けていたからである。普通の魔獣ならば、腐敗石の匂いを嗅いだだけで逃げだしてしまう。

「ウル、お前は離れてろ‼」

「ウォンッ‼」

「ぐそぉおおおっ……臭い、臭いよぉっ‼」

「うるさい‼」

顔を押さえて武器を落としたゲインに、レイトは武器を拾わずに素手で立ち向かう。

そして、勢いよく地面を両足で踏み込み、足の裏、足首、膝、股関節、腹部、胸、肩、肘、腕の順番に身体を回転及び加速させ、勢いよく拳を打ち込む。

「『弾撃』‼」

「ぐあっ⁉」

隙だらけのゲインの顔面に拳が突き刺さり、ゲインは吹き飛ばされた。

だが、レイトは拳の感触に違和感を覚えた。攻撃が当たる瞬間に、ゲインが後方に飛んで威力を殺したことを悟る。

レイトは、ゲインの反撃に備えるため、足元の退魔刀を拾い上げた。

「ちぃっ……よくもぉっ‼」

「なっ⁉」

ゲインは糸を手繰り寄せて刀を回収する。鞘とゲインの腰に、ワイヤーのような糸が取り付けられていたらしい。

　ゲインは美しい顔を、涙と鼻水で汚しながらレイトを睨みつける。

「ごろすっ……ごろしてやるっ‼」

「落ち着けよ……そっちがお前の本性（ほんしょう）か？」

「うるさい‼」

　ゲインは鞘に納まった刀の柄に手を伸ばし、得意の「抜刀」を発動しようとするが、一瞬先にレイトの大剣が襲いかかる。

　レイトは「撃剣」を発動する要領で全身の筋肉を利用しつつ、得意とする戦技「回転」を発動させた。

「『回転撃』‼」

「なにぃっ⁉」

　勢いよく地面を踏み込み、大剣を横薙ぎに払う。

　攻撃速度は通常の「回転」の比ではなく、全身の力を込めて振った大剣の刃がゲインに衝突する。その剣速は初めから最高速度に達した。

「『受け流し』……ぐぁあっ⁉」

　ゲインは防御用の戦技を発動して鞘で受け流そうとしたが、勢いを殺し切れず、腕の皮膚が切り裂かれて鮮血が舞った。

レイトは眉を顰めつつ、それでも攻撃の手を緩めずに踏み込む。

「『兜……砕き』‼」

「ちぃっ⁉」

レイトは大剣を取り落とさないように握りしめ、今度は上段から振り下ろす。

戦技の「兜割り」と「撃剣」の組み合わせである。

全身の筋肉を利用する「撃剣」と、レイトが最も得意とする戦技「兜割り」によって生まれた「兜砕き」は、先ほどの一撃よりもさらに速かった。

「うおおっ‼」

「うがぁあああっ⁉」

ゲインは腕を押さえながらギリギリ回避するが、大剣が地面に衝突した風圧によって吹き飛ばされる。レイトとゲインの足元の地面が大きく陥没した。

派手に転倒したゲインに対し、レイトは両腕の衝撃を我慢しつつさらに攻勢に出る。

「まだだぁっ‼」

「くそガキがぁあああっ‼」

執拗に攻撃を仕掛けるレイトに、ゲインは倒れ込みながら怒声を張り上げる。しかし、「抜刀」は両足で地面に立たなければ使えず発動できない。

レイトは相手が起き上がる前に、訓練の最後に生み出した技を発動させた。

「『旋風撃』‼」

「うあぁあああああああああっ⁉」

今度は「旋風」と「撃剣」の複合戦技を発動させた。刃の風切り音とゲインの悲鳴が鉱山に響き渡り、直後に地面に凄まじい衝撃が広がった。

「……くそっ‼」

「がぁあああっ……⁉」

レイトは目の前の光景に悪態を吐いた。

退魔刀はゲインの腹部にくい込んだものの、踏み込みが足りず切断に至らなかった。覚えたばかりの剣技の練度が足りなかったこと、彼の肉体が限界を迎えていたこと、そして殺すのを躊躇したことが、その原因である。

ゲインは腹部に刃が半分くい込んだ状態でも意識は失わず、口から血を吐きながらもレイトを睨みつけ、腰に差した刀を抜こうとする。

「この……カスがぁあっ‼」

「くぅっ⁉」

ゲインは一瞬で刀を抜き、レイトの左頬を斬り裂く。

彼の扱う刀は、紅魔刀と呼ばれる妖刀であり、生物の血液を吸うことで硬度が上昇する。

レイトは怯むことなく、退魔刀の刃に手を伸ばす。

「はああっ‼」

「ぐあぁあああっ⁉」

錬金術師の「形状変化」のスキルを利用して、退魔刀の刃に超振動を起こす。その結果、刃はゲインの肉体にさらにくい込んでいく。

ゲインは血走った目を見開き、無我夢中で刀を振り回す。

それでもレイトは構わずに刃を振動させながら退魔刀を振り抜き、ゲインの胴体を勢いよく斬り裂いた。

「うあああああああっ‼」

「うがぁあああああっ⁉」

その瞬間、ゲインの胴体は大きく引き裂かれた。

ゲインの胴体からは夥しい血液が噴き出しているが、上半身と下半身を完全に切断することはできなかった。

レイトは大剣を抱えたまま「跳躍」のスキルを発動して距離を取る。

「ぐ、そぉっ……僕の、身体がぁあああっ……‼」

「まだ生きてるのか……化物だな」

「ぐううう っ……‼」

ゲインが胴体を押さえながら立ち上がると、彼の身体から赤色の煙が噴き出した。

吸血鬼は肉体を再生する能力が格段に優れているが、他の生物の血液を吸収することでその能力は強化される。

ゲインは服の裏に隠してあった硝子瓶を取り出すと、中身の人間の血液を胴体に掛ける。

「うぎぃいいいいっ……‼」

「うわっ……」

再生するといっても痛みがないわけではないらしい。ゲインは苦悶の表情を浮かべながら、切り裂かれた胴体を再生させた。

その光景にレイトは表情を引きつらせながらも、その隙に自分も「回復強化」の補助魔法を使用して身体を回復させる。

「ふうっ……もう、お前は許さない。絶対に殺してやる……‼」

「その台詞は聞き飽きたよ……『氷刃弾』‼」

「ちぃいっ‼」

相手が完全に回復する前に、レイトは「氷塊」の刃を生成して撃つが、ゲインは残像が生まれるほどの速度で紅魔刀を振り、氷の刃を砕いた。

「――『残像剣』」

レイトには、ゲインの周囲に複数の剣が誕生したように見えた。

無数の刃の残像を生み出すこの必殺剣はアイリスから事前に知らされていたが、実際に目の当たりにしてレイトは冷や汗を流す。

目視(もくし)では剣の動きを捉えることはできない。迂闊に彼の刀の間合(まあ)いに入り込めば、容赦なく八つ裂きにされるだろう。

「来たか……だけど、その技は足場を崩されると発動できないんだろ⁉」

「なっ⁉」

レイトは掌を地面に押し当てると「土塊」を発動した。

戦技「残像剣」は両腕を高速に動かす剣技であり、高い集中力を必要とするため、一瞬でも他のことに意識を奪われると維持できない。

「土塊」によっての足元の地面が陥没すると、ゲインの「残像剣」は解除された。

彼は凹んだ地面から抜け出すと鞘に刀を納め、自分が最も得意とする戦技「抜刀」の準備をする。そして深呼吸をして、レイトを睨みつける。

「僕の『残像剣』を破るとは……お前、何者だ？」

「さあね……答える義理があると思う？」

「答える気がないなら……もういい、死ね」

「脅しても無駄だ。その剣技は間合いの制限があるんだろ？」

「何っ……⁉」

「抜刀」は、「残像剣」と同様に刀の間合いに入った存在しか斬れない。つまり、レイトが接近しなければ攻撃できないのだ。

ゲインの左目の傷は、バルがこの「抜刀」の弱点を突いた時につけた傷であった。

「お前の剣と俺の剣、どっちの刃が長いと思う？」

「……何を言っている？」

「すぐに分かるよ……『重力剣』‼」

レイトは掌に紅色の魔力を滲ませ、大剣を正面に構える。ゲインは迎撃体勢を取ると、口元に笑みを浮かべた。

彼はこの戦いを楽しんでいたのである。

最初ゲインは、バルと同じような大剣を使うレイトに興味を抱いた。

しかし、その剣技はバルには遠く及ばず、そのうえ腐敗石の粉末を放つなどふざけたことをしてくる。すぐに殺そうとしたが、予想外に苦戦を強いられた。

行動を先読みするかのように立ち回るレイトに、ゲインは終始翻弄された。一時は、危うく胴体を切断されるところまで追い詰められてしまった。

追い詰められれば追い詰められるほどに、彼はレイトに強い関心を抱き、口では挑発しながらも、自分に立ち向かう未熟な剣士に敬意さえ抱くようになっていた。

どうやってレイトは「抜刀」と「残像剣」の弱点を見抜けたのか、既にゲインはどうでも良くなっていた。

レイトが次にどのような手段を講じるのかに、ゲインは強い期待を抱いていた。

「さあ……来いっ!!」

「ふうっ……」

鞘に紅魔刀を納めたゲインは、柄を握りしめたまま動かない。一方、レイトは精神を落ち着かせるように大剣を構えていた。

レイトの両腕に紅色の魔力が迸ると、彼は最大限に身体能力を強化して動きだした。

「『兜砕き』!!」

レイトは前方に移動するのと同時に強く足を踏み込み、退魔刀を振り下ろす。

その行動を見て、ゲインは期待していた分、大きく落胆してしまった。そうして彼は、振り下ろされる刃を注視しながら、柄を握りしめていた右手を動かす。

二年前、確かにゲインはバルの大剣の攻撃で左目を失った。

ゲインがバルに敗北したのは、刀の間合いの外から大剣で攻撃されたから。「抜刀」と「残像剣」は、刀の間合い内にしか攻撃を行えないのだ。

バルの大剣は、彼が当時所有していた刀よりも遥かに刀身が長かった。

バルは、彼の刀の間合いに入らずに大剣で攻撃を仕掛けたので、ゲインはまともに反撃できずに片目を負傷してしまったのだ。

今彼の目の前にいるレイトは、過去にバルが実行した行動を真似ただけであった。

ゲインは鞘から刀を引き抜くと同時に、一歩だけ相手に接近する。

彼はバルに敗北して以来、自分の弱点を分析し、「抜刀」を発展させた新たな剣技を生み出していた。

「抜刀」の体勢のまま、移動するのである。

それを彼は「摺り足（すりあし）」と名付け、間合いの外から攻撃していると思い込んでいる相手を、その技で返り討ちにしてきた。

「――『抜刀』‼」

「っ……‼」

大振りに振り下ろそうとしているレイトの目の前で、ゲインは鞘に納まっていた刀を引き抜く。

しかし、レイトは迫りくる刃を恐れなかった。

そのまま大剣を握りしめる両手に意識を集中させると、彼は自分の得意とする補助魔法を発動させた。

「『魔力、強化ぁっ』‼」

「なっ……⁉」

次の瞬間、レイトの刀身の紅色の魔力がさらに膨れ上がり、大剣を振り下ろす速度が加速する。「魔力強化」で強制的に重力を増加させ、剣速を一気に上げたのである。

（ここまでとは……素晴らしい‼）

だが、そんなレイトの攻撃に対してゲインは歓喜（かんき）の表情を浮かべていた。百年以上生きてきた彼でも、レイトのような戦い方をする人間を見たのは初めてだった。

自分の頭部に接近する刃の輝きに、ゲインは見入（みい）っていた。

ゲインの視界には、スローモーションの映像のように、レイトがゆっくりと剣を振り下ろす姿が映し出されている。

ゲインが本気を出せば、このように全ての動作が遅く見えるようになる。

ゲインは全力で剣を振り下ろしているレイトに同情するように声を掛けた。

「楽しかったよ。けど、ここまでだ」

「――ッ‼」

もっとも声を出したところで、レイトに聞こえるはずがない。ゲインは紅魔刀を握りしめて、レイトの胴体に向けて刃を振り抜く。

その速度は、レイトの振り下ろす退魔刀よりも速い。レイトの胴体に刃が触れようとした瞬間――ゲインの背中に鈍（にぶ）い痛みが走った。

「ぐあっ⁉」

ゲインが振り返ると、彼の背中に短剣が突き刺さっていた。

直後、彼の集中力が途切れ、ゆっくりと動いていたはずのレイトは加速する。

ゲインの右肩に、レイトの振り下ろした退魔刀の刃がくい込み、そのまま肉体を斬り裂いた。

「あああああああああああああっ‼」

「がはぁあああああっ……⁉」

退魔刀の刃が、今度こそ完全にゲインの肉体を切断した。

ゲインが握りしめていた紅魔刀を手放す。大剣を振り下ろす動作で身体を伏せていたレイトの頭上を、紅魔刀が凄い勢いで通り過ぎていく。

肉体を左右に斬り裂かれたゲインの目の前で、レイトは大剣ごと地面に伏してしまった。

「はあっ……はっ……」

「……ふっ、ははっ、はははははっ‼」

「っ……⁉」

身体を右肩から斬り裂かれながらも、ゲインは笑い声を上げていた。

一方、攻撃を成功させたレイトは顔色が悪い。レイトが顔を上げると、満面の笑みを浮かべたゲインの顔が見えた。

「これで……やっと終わる」

「えっ……」

「人間に……戻れたんだぁっ……」

「……人間？」

ゲインが外見相応の少年のように無邪気な笑みを浮かべた瞬間――彼の肉体から赤色の煙が勢いよく噴き出した。

するとゲインは一気に萎びれていき、数十年分の老化が一気に押し寄せたように、やせ細っていった。

やがて、二つに切り裂かれた肉体は地面に倒れ込んだ。

「あり、が、とう……」

最期にゲインは、レイトに笑いかけた。

彼は、人を愛しているのに殺し続けなければ生きられないという苦しみの中で生きていた。そこから解放してくれたレイトに、礼を伝えたのだ。

ゲインが人殺しで快楽を得ていたのは紛れもない事実である。しかし、最初から快楽殺人者ではなかった。

彼は、生きるために人を殺し続けていた。

他者の生き血を吸い続けなければ生き続けられない。そんな運命を与えられた彼は人を殺し続け、あまりにも大勢の人間を殺した。

そのせいで、元々の性格は歪んでしまった。そうして彼は、人を殺す時の罪悪感を快楽で塗り潰すようになった。そうすること以外に、吸血鬼と化した彼が正気（しょうき）を保つ方法はなかったのである。

それでいながら、心のどこかでは自分を救ってくれる存在を求めていた。しかし、まさか命を奪ってくれるのが、今日初めて出会った少年になるとは思わなかったが……

ゲインは自分を人間に戻してくれたレイトに精一杯（せいいっぱい）笑いかけると、ゆっくりと朽（く）ち果てていった。

「……勝ったのか？」

レイトが呟いた言葉を肯定（こうてい）するように、ウルが勝利の雄たけびを上げる。

「ウォオオオオンッ‼」

レイトは握りしめていた大剣に目を向け、刃にこびり付いたゲインの血液を確認する。

ゲインの死体と同様に、その血は赤色の煙と化していった。

吸血鬼の血は、理由は不明だが、体外に出ると煙となって消えてしまうのだ。

「……ゲイン、か」

大剣を背中に戻し、レイトはゲインに傷つけられた頬の傷に触れる。

ゲインは、これまで出会った相手とは比べ物にならない強敵だった。敵とはいえゲインの剣技は素晴らしく、彼との戦闘経験はレイトを大きく成長させてくれた。

「帰ろうか」

「ウォンッ‼」

レイトは相棒のウルに声を掛け、鉱山を去ることにした。この地は彼にとって二度と来たくない場所となった。

レイトは疲れた身体をウルに乗せると、イミル鉱山を後にした。

ゲインとの戦闘を終えて帰還する途中、あまりに疲労していたレイトは草原で夜営することにした。

魔物に襲われる危険はあるが、ウルが傍にいれば魔物が接近したら気づいてくれる。彼に見張りを任せて、レイトはウルの毛皮に包まり身体を休ませた。

「ウル、寒いからもっと丸まってよ」

「クゥ～ンッ」

主人の命令に、仕方がないとばかりにウルはレイトの身体に覆い被さる。

ウルの好意に甘えながらレイトは瞼（まぶた）を閉じようとしたが、不意に赤ん坊の時に母親のアイラが毛布を掛けてくれたことを思い出す。

『……アイリス、起きてる？』

『起きてますよ。というか、基本的に私は眠りませんから』

レイトは母親のことを尋ねるべきか悩んだ。

自分がいなくなった後、母親がどうなったのか定期的にアイリスから聞いていた。しかし最近は、母親のことを尋ねる機会が少なくなっていた。

『母上は……元気？』

『元気ですよ』

『そう』

『他に聞きたいことはないんですか？』

レイトの心情を察したようにアイリスが尋ねてくる。様々な質問が頭に浮かんだが、レイトはあえて言葉にしなかった。

『……大丈夫だよ。今はまだ聞きたくない』

『そうですか……レイトさん、これだけは覚えておいてください。今はお母さんとも……アリアさんとも会うことはできません。ですから……』

『分かってるよ』

アイリスが言い終える前に交信を遮断し、レイトはウルの頭を抱き寄せて眠りに就いた。

翌日、一人の元冒険者がイミル鉱山にたどり着く。

彼女は採掘場の変わり果てた光景に動揺しながらも、目的の人物の死体を見つけ出し、黙って見下ろした。

「あんた……ゲイン、なのかい？」

バルはゲインの死体を確認した瞬間、膝から崩れ落ちた。

自分が二十年以上も追い続けていた仇は、死体となってそこにいた。その外見は完全に老人と化している。

しかし、彼女が彼を見間違えるはずがなかった。

「どうなってるんだ……なんであんたがこんな場所で、あたし以外の人間に殺されているんだよ‼」

バルは背中の大剣を振り上げ、ゲインの死体に叩きつけようとしたが……寸前で止める。

いくら憎い相手とはいえ、死体を斬り刻むことは彼女のプライドが許さなかった。

「くそがっ……ふざけんじゃないよ‼ どうしてこんな場所で……‼」

その言葉を誰に対して言ったのか、バル本人にも分からなかった。彼女は両目から涙を流しながら、黙ってゲインの死体を見下ろした。

そして再び大剣を振り上げる。

「……畜生(ちくしょう)っ‼」

だがやはり死体への攻撃はできず、彼女は悪態を吐きながら大剣を手放した。

そして、近くの岩石に拳を叩きつける。

力任せに殴りつけたことで拳に血が滲み、岩石の表面にはひび割れが生じた。やがて亀裂が全体に広がり、その岩は砕け散った。

バルがゲインの死体の前で打ちひしがれている様子を、遠方から覗く者がいた。

四十代くらいのその男は、岩陰に隠れながら「遠視（えんし）」のスキルで一部始終を観察し、醜悪な笑みを浮かべている。

彼の周囲では、ゴブリン三体が同じように地面に伏せていた。男の名前はブビといい、旧帝国（エンパイア）に所属する人間であった。

「ひっひっひっ……見たぞ、聞いたぞ、知ってしまったぞぉっ」

「ギギィッ……」

「まさかゲイン様がやられるとは驚きだったが、こいつは面白いことになってきたぜぇっ……これで、生き残りは俺様だけになっちまった」

彼は、自分以外の旧帝国（エンパイア）に所属する魔物使いが倒されたことに対して危機感を抱いていなかった。むしろ、自分だけが残ったことで自分の地位が向上すると思っていた。

魔物使いは貴重であり、これで旧帝国（エンパイア）は自分を大切に扱うようになると確信していたのである。

「バジルもゲイン様も残念だったな……まさかやられるとは思わなかったが、これで俺様の地位は安泰（あんたい）だな。ひっひっひっ……お前らも俺に仕えていて良かったな、他の奴らに従っていたら、殺されていたぞ……？」

そう言ってブビが、ゴブリン達を振り向こうとした時、彼は違和感を抱いた。血の匂いがすると思ったら――

「あっ……な、なんだ？　どうして……俺様の左手がないんだ？」

自分の左肩から先がなくなっていることに気づいたのである。

その直後、一気に激痛を覚え、ブビは悲鳴を上げそうになったが、背後に現れた何者かが彼の口を塞いだ。

「んんっ⁉　んぐぅううっ……⁉」

「静かにしろ……動いたら楽に殺せない」

「っ……⁉」

背後から聞こえてきたのは女の声である。ブビが身体を硬直（こうちょく）させると同時に、彼の胸元に「紅色の刃」が突き刺された。

ブビは自分の心臓を貫かれたことよりも先に、刀の正体に気づいた。彼の肉体を貫いたのは、ゲインが持っていた紅魔刀であった。

ブビの肉体がゆっくりと頽れる。

「任務完了……帰還する」

ブビを殺害した女は、ゲインの紅魔刀を握りしめながら死体を見下ろし、一度だけレイト達が消えた方角に視線を向けた。

口を開こうとしたようだが、何も言葉にせず立ち去る。

その手は紅魔刀の他に、血塗られた短剣を握りしめていた。

この翌日、国内に存在する村や街を襲っていた武装ゴブリン達は、魔物使いが死亡したことによって支配から解除され、全員野生に戻った。

今回の件に旧帝国が関わっていたことが世間に広まり、バルトロス王国は本格的に旧帝国の殲滅に乗り出すことになった。

旧帝国の人間を二人も捕縛した冒険都市の冒険者ギルド「黒虎」は多大な褒賞金を得、その知名度は一気に高まった。王国から信頼を得たことにより、ギルドマスター・バルの評価は上昇した。

だが、当のバルはそれどころではなかった。追い続けた仇が何者かに殺されていたショックから立ち直れずにいたのだ。ギルドマスターを辞そうとした彼女だったが、周囲から引き止められ、仕方なく辞任は取り下げた。

しかし、今回の一件で黒虎の評価が大きく上昇し、他の二つのギルドとのバランスが崩れようとしていた。

5

ゴブリンの襲撃事件から数週間が経過した。

レイトは依頼を受けながら順調に階級を上げた。現在の彼の階級はＤランクである。

彼は今、アフィル村で入手した馬車を利用して荷物運搬の仕事を引き受けている。そうして、ゴブリンに破壊された各地の村の復興作業を手伝っていた。

「食料品を届けに来ました～」

「ウォンッ‼」

「おお、やっと来たか‼」

「全員休憩だ‼　作業を止めろっ‼」

馬車改め狼車が到着したのは、冒険都市から数十キロ離れた大きな村である。

この村はゴブリンの襲撃を受けた際に、村を囲っていた柵を破壊され、また結界石と腐敗石も破損していた。

生き残った村人が徐々に戻っており、急ピッチで復興作業が進んでいた。

「経過はどんな感じですか？」

「ああ……まあ、順調といえば順調だな。この調子なら二週間もすれば元に戻るぜ」

「人手が足りないのが痛いけどな」

狼車に積んだ荷物を下ろし終えたレイトは、村人に最近の様子を聞いた。

ゴブリンに殺された人も多いが、民家は比較的無事であった。ゴブリンの目的はあくまでも自分達が使える道具と食料だったため、建物の損害（そんがい）は少ないようだった。

「なあ、兄ちゃん……またスコップが壊れちまったんだ。悪いけど直してもらっていいか？」

「いいですよ。どれですか？」

「毎回悪いな……おい、持ってこい!!」

「へい!!」

数人の村人が壊れた器具を運んでくると、レイトは錬金術師の能力であっという間に修復（しゅうふく）してしまった。

新品同然になったスコップを差し出された男が、感動して声を上げる。

「うお、凄ぇっ‼　さっきまでボロボロだったのに！」

「木材の部分は直せないので、気をつけてくださいね」

「悪いけど、ここにでかい穴を作ってくれないか？　ゴミを埋めたいんだが、掘るには時間が掛かりそうだし……」

「分かりました……『土塊』」

「うお、凄いな⁉」

　レイトの力を利用すれば、村の周りに土壁を作り上げることもできたが、目立ちすぎるのもよくないので、これくらいにして早々に立ち去ることにした。

「じゃあ、俺はこれで……」

「おう‼　いつもありがとうな、兄ちゃん‼」

「また来てくれよなっ‼」

　村人に手を上げて応え、レイトは狼車を発進させて冒険都市に向かう。

　レイトが人里を訪れてから随分と経ったが、彼は色々な人々と交流し、なんとかやっていた。

『何だか楽しそうですね、レイトさん』

『うわ、急に話し掛けるなよ、びっくりした……』

　草原を移動中、レイトの視界が時間停止の空間に切り替わった。そうして、レイトの方から呼び出したわけでもないのに、アイリスの声が頭に響き渡る。

以前は、アイリスと交信するにはレイトから呼び掛けるのみだったが、最近ではアイリスの方からも交信してくるようになった。

アイリス曰く、魂の波長が合いやすくなったから、そういうこともできるようになったらしい。

『あ、その道を進むのはやめた方がいいですよ。盗賊が待ち伏せていますから』

『盗賊？』

『都市から送られる村の救援物資を狙う輩が多発してるんですよ。だから、物資を移送する際は、冒険者や兵士の護衛が必要なんです』

『ああっ……受付嬢のお姉さんが言ってたな』

『レイトさんなら返り討ちにできるかもしれませんけど、無闇にトラブルを起こすのは得策ではありませんからね。あ、ちょうどいい具合に近くにお義姉さんがいますよ。盗賊がいることを報告した方が良いかもですね』

『お義姉さんって……ナオが？』

アイリスの助言に従って、レイトは狼車を操作して迂回することにした。彼が向かっているのは、偶然にも以前ナオと遭遇したファス村である。

ファス村にたどり着くと、ヴァルキュリア騎士団の姿が見えた。レイトが声を掛ける。

「お〜いっ‼」

「ん？　あれは……ナオ様、レイトですよ」

「なに⁉　レイトだと⁉」

騎士団の女騎士達は食事の準備をしており、大きな鉄板に魔物の肉を載せて焼いていた。

女騎士の一人がレイトに気づいてナオに声を掛けると、ナオは骨付き肉を頬張りながら慌てて駆け寄る。

「ひはいぶりだな。この間、街で会って以来か」

「あの、肉を食べ終わってから話した方が良いですよ」

「そ、そうだな……」

肉に食らいつきながら話すナオにレイトが苦笑していると、彼女に仕えている女騎士達が駆けつけてナオの世話を焼く。

数週間前、ナオ率いるヴァルキュリア騎士団が冒険都市に赴任してきた。国王から旧帝国の調査を命じられたのである。それで、彼女達は旧帝国の活動の痕跡を探るため、武装ゴブリン達が襲撃した村々を回っていた。

「最近はどんな感じですか」

「見ての通り、盗賊どもを狩り続けてばかりだ。魔物よりも人間を相手に剣を振る機会が多いのは複雑だな」

自嘲気味に言うナオに、お付きの女騎士が告げる。

「ですが、姫様のお陰でこの地域の治安は安定しています。現に盗賊の被害が激減したと黒虎のギルドマスターも感謝していたではないですか」

「確かにそうだが……本来の任務に力を注げないことが少し気になってな」

現在のヴァルキュリア騎士団は各地を巡回し、復興中の村に届けられる物資を狙う盗賊達を討伐していた。捕まえた盗賊の数は五十人を超えており、民衆が困っている時に蛆虫のように湧く悪党達に彼女はうんざりしていた。

ナオがふと思い出したように言う。

「そういえばレイト、お前はDランクに昇格したそうだな。凄いじゃないか！　お前の年齢で、それにこれほど短期間で、Dランクに昇格できたのは十二人目だと聞いているぞ」

「中途半端な数字ですね……」

「だが、不遇職と言われている職業の人間がFランク以上の階級に昇格した例はない。そもそも本当にお前が不遇職なのか疑わしいが……」

「そう言われても……あ、ギルドカード見ます？」

「ああ。支援魔術師に錬金術師か……そういえば、どうしてレイトは魔術師なのに大剣を使っている？　正直、魔術師が使う武器ではないと思うが……」

「えっと、鍛えてますから」

「鍛えた程度でどうにかできる武器とは思えないが……」

気まずい話題を変えたくて、レイトは盗賊について話す。

「あ、あの……俺も途中で盗賊を見つけて、それで一応、報告に来たんですけど……」

「何？　何故それを早く言わない‼　どこにいる？　無事だったのか？」

慌てて食事を中断したナオは、レイトから盗賊が隠れている場所を詳しく聞くと、すぐに自分の騎士団の部隊を派遣する。

ちなみに、現在のヴァルキュリア騎士団の団員数は百名を超えており、誰もがレベル50を超える強者揃いであった。

「では、ナオ姫、ここの調査は私達が行います」

「頑張ります‼」

「ああ、気をつけるんだぞ」

ナオは、ファス村の調査を黒髪の剣士と獣人族(ビースト)の少女に任せた。

ナオは残りの騎士を引き連れて盗賊の討伐に向かうが、不意に何か思い出したように振り返る。

「ああ、そういえばお前に伝えておくか。近い内に狩猟祭が行われることは知っているか？　旧帝国(エンパイア)が仕掛けたゴブリンどものせいで開催(かいさい)する時期が二週間ほど遅れたが……」

「狩猟祭……？」

アイリスが即座に説明してくれる。

『冒険都市で行われる、冒険者のお祭りのことですよ。都市内部に魔物を放って、時間内にどれだけ倒したかを競い合う祭事です。魔物を一番倒した冒険者には賞金が与えられますし、所属している冒険者ギルドは王国からの援助金が増額されるという催し物ですよ』

レイトは、バルから同じような説明を受けていたことを思い出した。興味がなかったので完全に忘れていた。

「狩猟祭は世界中から観光客が集まる大切な祭事だが、旧帝国の件で祭りに必要な魔物が集められていない。もしお前が依頼を行う時や外に出向く機会があれば、魔物を捕獲して魔物商に渡せばそれなりの謝礼金が貰えるはずだ」

「魔物商？」

「人間が飼育できる魔物を売買する商人のことだ。魔物商の店は冒険都市北部にある巨大な建築物だ。そこに魔物を持ち込めば、今なら高額で買い取ってくれるはずだぞ。お前も一流の冒険者を目指すなら、ちゃんとした装備を身に着けた方がいいしな？」

「はあ……？」

ナオは白馬に跨がりながら、苦笑いしつつそう告げた。

彼は防具の類は着けておらず、武器も魔法金属製ではない大剣だ。ナオはレイトが未だに装備を整えられないと心配してくれたようだった。

「よし、出発するぞ‼　はあっ‼」

「「「はっ‼」」」

馬を走らせたナオの後に女騎士達が続き、ヴァルキュリア騎士団は去っていった。

それからレイトは、狼車に戻った。

お金には困っておらず、むしろ今までの依頼や人助けで十分な稼ぎがある。それでも彼が装備品を整えていないのには理由があった。

レイトの戦い方では、立派な装備は邪魔になってしまうのだ。

深淵の森で暮らしていた彼は、満足な装備もなく生活を送っており、魔物の攻撃は回避や体捌き（たいさば）きで対応していた。一応は防御系の技能スキルも所持しているが、防具は未だ身に着けていない。

「防御か……そういえばバルは『硬化』というスキルを使っていたな」

『「硬化」は普通の人間では覚えられませんよ。本来は巨人族（ジャイアント）専用のスキルですから』

「え？　ということは、バルは巨人族（ジャイアント）なの？」

『いえ、バルさんは巨人族（ジャイアント）の血を引いているだけで人間ですね。だけど、「硬化」のスキル以外にも防御力を強化させる方法もありますよ』

「へえ……」

アイリスの助言を聞きながらレイトは狼車を走らせ、冒険都市に帰還した。

冒険者ギルドにやって来たレイトは、依頼達成を受付嬢に報告した後、その足で訓練場に赴いた。

現在冒険者の大半は、各地の村に補給物資を送る依頼を引き受けている。そんな事情もあって、訓練場には誰もいなかった。

「よっと……大分、身体が慣れてきたな」

『例の複合戦技には慣れましたか？』

「うわ、訓練中に話し掛けるなよ……それと、その名前は少し長いな」

『分かりました。それなら「剛剣（ごうけん）」と名付けましょう』

「勝手に名付けるなっ……まあ、別にいいけどさ」

彼は「撃剣」を他の戦技と組み合わせることで、たくさんの複合戦技を習得していた。

「撃剣」を利用した剣技は肉体の負担は大きいが、威力が高い。身体能力を強化させなければ発動できないが、その分強力だった。

アイリスによると、身体を鍛えれば通常の状態でも発動できるようになるという。

「『筋力強化』……はあああっ‼」

肉体を補助魔法で強化し、大剣を振りかざす。

バジルやゲインのような強敵を倒し、対人戦の経験をたくさん積んだお陰か、彼の剣には迷いがなくなっていた。

レイトは全身の力を利用して大剣を振り続けた。

「ふうっ……流石にきついな」

『頑張ってますね。ですけど、自分が魔術師だということを忘れてませんか？　剣を使う魔法使いなんて聞いたことありませんよ』

「そういえば忘れてた。いや、さっき身体を鍛えるようにって言ってたんだろうが……でも、魔法か」

レイトは初級魔法を利用した攻撃魔法は使えるが、魔法は魔物との戦闘以外ではなるべく使わないように心掛けていた。人間に使用すると殺しかねないからだ。レイトとしては、盗賊のような犯罪者でも人殺しはしたくなかった。

魔物が相手ならば全力で魔法を使うが、彼としては魔法はあくまでも補助として利用したいと考えていた。

そんなわけで最近は、大剣を利用することにこだわるようになっていた。

深淵の森にいた時は多用していた「氷装剣」も使う機会が少なくなっており、重力に作用する「重撃」を使う機会が増えていた。

『重力関係の魔法は魔力消費量が激しいので、気をつけてください。あと、「魔力強化」は魔法威力が上昇するのと同時に、魔力消費量も大幅に上昇することも忘れないでくださいね』

「分かったよ。さてと、そろそろウルに餌やりでも……」

「あっ、ここにいたんですね、レイトさん‼」

訓練を終えてウルの餌を用意しようとしたレイトの前に、慌てた様子の受付嬢が駆けつけてきた。

何事かと驚いていると、受付嬢は彼の腕を掴んだ。

「た、大変なんです‼　他の冒険者ギルドの方が急に現れて、ギルドマスターとレイトさんを出せと言ってきたんです‼」

「え？　他のギルド？」

「この冒険都市の中で最も大手の冒険者ギルド、『氷雨（ひさめ）』のギルドマスターが来ているんです‼　とにかく早く来てください‼」

「うわっ……」

意外と力強い受付嬢に引きずられ、レイトはギルドに来た。早速、そのギルドマスターがいるという応接室に移動する。

受付嬢が扉を開こうとした時、部屋の内部からバルの怒声が響いた。

「ちんけな嫌がらせをしてくれるじゃないか‼　この女狐（めぎつね）‼」

「相変（あいか）わらず短気（たんき）ね……大人しく座りなさい」

バル以外の女性の声もした。レイトが初めて聞く声だった。

受付嬢が恐る恐るノックすると、バルが苛立ちを隠さずに「入ってこい‼」と怒鳴る。

「し、失礼します‼　レイトさんを呼んできました……」

「ちっ……別に呼ぶ必要もなかったね」

「あら、その子が貴女が最近面倒を見ている噂の弟子かしら？」

「えっと……⁉」

中に案内されたレイトの視界には、不機嫌を隠さずに机の上に足を置くバルと、その向かい側に座る金髪の美しい女性がいた。

レイトはその女性の姿を見た瞬間、目を見開いた。そこにいた女性は、レイトの母親アイラにそっくりだったからだ。

「えっ……母上？」

「……？」

レイトが咄嗟に呟いた言葉に、女性は眉を顰めた。

彼が何を言っているのか理解できないという表情を浮かべており、レイトは彼女が自分の母親ではないことに気づく。

そもそもその女性は森人族で、レイトの母親は人間である。それでも、あまりにも顔立ちが似ているので動揺を隠せなかった。

　バルが苛立たしげに告げる。

「何を言ってるんだい？　こいつにガキはいないよ……いや、もしかしてあたしの知らない間に子供を産んでいたのかい？」

「ふざけたことを言わないで……変わった子ね。母親と私を間違えるなんて……そんなに似ているのかしら」

「はっ‼　気を悪くしたのならとっとと帰りな‼」

「話をすり替えないでくれるかしら、貴女にとっても大切な話よ」

「あの……」

「貴方もここに座りなさい」

　有無を言わさぬ女性の言葉に、レイトはまるで母親に怒られたかのように、素直に従う。バルは面倒そうに目の前の女性を睨みつけるが、当の本人は落ち着いた様子で紅茶が入ったカップに口を付けた。

「ふうっ……安物ね。客に出す代物じゃないわ」

「うるさいねぇっ……出してやっただけでもありがたく思いな」

「すみません、何で俺を呼んだんですか？」

　バルと女性の会話に口を挟むと、二人は同時に彼を見た。バルが頭を掻きながら女性の紹介をしてくれる。

「こいつはマリア……うちと対立している冒険者ギルドのギルドマスターさ」

「対立とは酷いわね。いつも私達の仕事を流してあげているじゃない？」

「ふざけたことを抜かすんじゃないよ‼　面倒な仕事ばかり押しつけやがって……しかも、またうちのギルドからBランクの冒険者を引き抜きやがったな‼　これで何度目だと思ってるんだい‼」

「あら、一流の冒険者が、優れた待遇を求めるのは当然のことよ？　貴女だって若い頃は色々なギルドを回ったでしょう？」

「ぐぅっ……」

「それに、私はあくまでも勧誘しただけ。別に無理やり引き抜いたわけじゃないわ」

「ちっ……」

マリアと紹介された女性は諭すように語った。バルは文句を言いたいようだが、正論を突き付けられては黙るしかないようだった。

やがて、バルがまた口を開く。

「ちっ……それでもうちのギルドの冒険者を執拗に引き抜いているのは事実だろうが。これで何十人目だい？」

「三十四人目かしら……これで貴女の冒険者ギルドからAとBランクの冒険者は消えたことになるわね。この場合、冒険者ギルドとして成り立つのかしら」

「舐めんじゃないよ。階級は低くてもうちには良い人材が余ってるんだよ。こいつのようにね」

「うわっ」

レイトはバルに背中を軽く叩かれ、マリアは彼に視線を向けると黙って観察し、目を見開く。

「……驚いたわね。噂には聞いていたけど、本当に不遇職の人間だったのね」

「え?」

「気をつけな……こいつは『鑑定眼』と呼ばれる固有スキルを持っている。普通の『鑑定』の能力と違ってこいつのは、一目見ただけで他人のステータスを読み取ることができるんだよ」

バルの説明によると、マリアは特別な能力を持っているらしい。

相手を目視しただけで、対象のステータスを見ることができ、その人物の名前、年齢、そして職業等まで読み取ることができるという。

「習得しているスキルの数……凄いわね、これほどたくさんのスキルを覚えた人間なんて見たことがないわ。しかも十四歳だなんて……気に入ったわ、この子も頂戴(ちょうだい)」

「ざけんなっ‼ これ以上くれてやるわけにはいかないよ。とっとと帰りな‼」

「仕方ないわね……今回は諦めるわ、だけど、念のために、これだけは渡しておくわね」

椅子から立ち上がったマリアは、雪の結晶のような文様が刻まれた水晶玉をレイトに差し出した。彼は不思議に思いながら受け取ると、マリアは笑顔を浮かべて彼の耳元に囁く。

「私に用事ができたら、それを持って私のギルドに来なさい……貴方ならいつでも歓迎するわ」

「えっ……」

「じゃあ、帰らせてもらうわね」

「ああ……さっさと帰りな」

水晶玉を渡したマリアは、応接室から出ていった。

レイトは受け取った水晶玉を覗き込む。魔石の類かどうかは分からなかったが、特別な力は感じない。但し、美しい輝きを放っていた。

「ちょっと貸しな」

「あっ」

バルはレイトから水晶玉を取り上げると右手で掴み、恐ろしい握力で握りしめた。

「ふんっ!!」

「あっ!?」

オーガを想像させるほど腕の筋肉が膨れ上がり、血管が浮き上がった。すると水晶玉は粉々に砕け散ってしまった。

バルは水晶玉の中心に入っていたビー玉のような無色透明の水晶を取り出す。

「ちっ……地味な嫌がらせをしやがって」

「あの……」

「こいつは吸魔石と呼ばれる魔石だよ。所有者の魔力を吸い上げる性質を持っているのさ……あの女、自分の物にならない相手には、こういう嫌がらせをするんだよ。あんたも馬鹿正直に受け取るんじゃないよ」

「はあ……」

「まあ、こいつはありがたく使わせてもらうよ。こんな物でも魔石ではあるからね、今日の飲み代ぐらいにはなるだろ」

バルは吸魔石を握りしめ、鼻歌を歌いながら出ていった。

残されたレイトは溜息を吐くと、ウルの餌やりの途中だったことを思い出し、慌てて彼のもとに向かうのだった。

マリアは待たせていた馬車に乗り込むと、先ほど出会った少年のことを考えた。
自分を見て「母上」と言ったことが引っ掛かっていたのだ。それに何故か、彼の顔に見

覚えがあった。

「前に会ったことがある？　いや、そんなはずはない……だけどどうしてかしら」

「マリア様、どうかされましたか？」

「……シノビ、いたの、貴方？」

車内にはマリア以外に誰もいないにもかかわらず、どこからか男の声が聞こえてきた。

やがて、透明人間のように景色に溶け込んでいたシノビが姿を見せる。彼は日本の忍者のような恰好をしていた。

顔は覆面で覆われているが、見える範囲でも随分な美青年というのが分かり、女性にも見えなくはない。彼は氷雨の冒険者の中で最もマリアの信頼が厚く、彼女も彼がこのような警護をすることを許していた。

「マリア様、会談はどうでしたか？」

「いつも通りよ。あの子は戻るつもりはないみたいね」

「それではどうしますか？」

「……いつも通り適当に仕事を回してあげなさい。気づかれない程度にね」

「はっ」

マリアはバルと対面した時は余裕のある表情をしていたが、急に疲れたような顔をした。

そうして彼女は、自分達のギルドに来た仕事をバルのところに流すように指示を出した。

バルは気づいていないが、黒虎に来ている依頼の半分以上は、氷雨から流されたものだった。マリアは黒虎から腕利きの冒険者を引き抜く一方で、仕事を分け与えていたのである。

「……バル殿は戻るつもりはないのでしょうか？」

「戻してみせるわ。どんな手を使ってもね」

自分のもとから離れたバルに、マリアは強い執着心を抱いていた。だが、それと同時に寂しさも感じていた。

「ふうっ、これだと私が、子離れできていない母親みたいじゃない……母親？」

「どうかしました？」

「いえ……シノビ、ちょっと気になる子ができたの。少し探ってくれないかしら？」

「冒険者ですか？」

「ええ、最近少しだけ話題になっている黒虎の冒険者よ」

「承知」

マリアは、馬車の窓にふと視線を向ける。遠ざかる冒険者ギルド黒虎の扉の前で、大きな狼に干し肉を与えている少年の姿が見えた。

マリアは何故か、自分の姉のことを思い出した。

「……姉さん」

それからマリアは懐中時計を取り出して蓋を開ける。蓋の裏側には、子供の頃の自分と姉、そして亡き父親が並んで写る写真があった。

「……必ず見つけてみせる」

目元を押さえながら、マリアはふと気づく。

写真に写し出された子供の頃の姉と先ほど遭遇した少年が、どことなく似ていることに――

番外編

少し時を遡って、レイトがゲインを倒して間もない頃。

「はあっ……一体どうしたんだ私は」

バルトロス王国の第一王女であり、同時にヴァルキュリア騎士団の団長を務めるナオは、冒険都市の宿屋の部屋の中で溜息を吐く。

冒険都市を訪れてから数日、彼女は毎日のように溜息を吐いていた。

「いかんいかん、溜息を吐くと幸せが逃げるというからな。それにしても、どうして私はあいつのことばかりを考えるんだ?」

彼女が溜息を吐く理由は、数日前に遭遇したレイトが原因だった。

不遇職でありながら白狼種を手懐け、さらには支援魔術師でありながら強力な合成魔術を使用した少年。

彼もこの街で暮らしているはずなので、その気になれば会うこともできた。

だが、彼女は国王の命令で、とある人物の探索のためにこの都市を訪れている。現在も彼女の護衛であり、部下でもある女騎士達が捜索を行っている。自分だけが勝手な行動を取るわけにはいかない。

しかし、あの少年のことが気になって仕方なかった。

「本当にどうしたんだろう……」

子供とはいえ男であるレイトのことが気になってしまう自分に、ナオは戸惑っていた。何となくだが、彼を他人とは感じられないのだ。

彼女は男性を苦手としている。にもかかわらず、何故かレイトには不思議と苦手意識を感じなかった。

自分の妹達と似た雰囲気を感じ、だからこそ彼のことを放っておけなかった。

「ふうっ、落ち着け。今は仕事に集中しないとな」

彼女は、ヴァルキュリア騎士団団長として活躍し続けなければならない。王女とはいえ、彼女の置かれている立場はそれほど温くはないのだ。

魔物嫌い、というより魔物に対して極度の恐怖心を抱いている。そんな彼女が騎士団の団長として認められているのは、王女という身分からではなく、魔物の討伐以外で大きな手柄を上げているからであった。

「失礼します‼」

「来たかっ」

ノックもせずに黒髪の女性騎士が入室すると、ナオはそれを咎めもせずに立ち上がる。

彼女はナオの側近で、副団長を務めているリノン。剣術の腕なら団員の中で一、二を争う、ナオにも劣らない実力者である。

ちなみに、彼女の格好は騎士団の制服ではなかった。この街の住民に溶け込むように、リノンは街で購入した衣服を着ていた。

「姫様の予想通り、この都市に例の死霊使いの女の姿を目撃した人間がいました。情報によると、この都市の情報屋を頼ったそうです」

「情報屋……鼠どもか」

情報屋とは、文字通り情報の売買を生業とする裏稼業の人間のことである。ナオが捜索している死霊使いの女は、その情報屋に接触したらしい。

ナオ達は死霊使いを追っているとはいえ、その名前さえ把握しておらず、外見の特徴が描かれた似顔絵を頼りに調査をしていた。

「やはりここに訪れたか。それで情報屋は……」

「それが……どうやら情報を聞き出されてすぐ殺されたようで……木箱の中に隠された状態で、裏路地に放置されていました」

「くそ、遅かったか‼　だが、この都市に奴がいるのは間違いない。調査を続けろ」

「はい‼」

「あ……それと、黒虎のギルドマスターにも一応連絡を取っておけ。万が一の場合は、冒険者の協力も必要となる」

「え？　あ、はい……分かりました」

ナオの言葉にリノンは戸惑うが、即座に退室していった。

ナオも立ち上がり、壁に立て掛けてあった二本のカトラスを腰に差すと、外で待機している小柄な女騎士に指示を出した。

「ポチ子、私も外に出る。お前もついてこい」

「わうんっ‼　お供します‼」

通路で待ち構えていた女騎士は、犬型の獣人族の少女である。ナオは彼女の頭を撫でると、外に移動する。

本来ならば他の団員の調査報告が届くまで待機するつもりだったが、既に死傷者が生まれていると聞いて、ナオは大人しく待ってはいられなかった。

「くんくんっ……いい匂いがします」

「そういえばそろそろ昼時だったな。だが、今はゆっくりと食事をしている暇はない」

「くぅんっ……」

「あ、いや……途中で屋台か何かあれば食事をしよう」

獣人族や巨人族は普通の人間よりも食事を多く必要とするため、空腹を我慢することは普通の人間よりも苦痛となる。

ナオがポチ子の空腹具合を心配しつつ街道に出ると、人が多いことに気づいた。以前訪れた時よりも、観光客が多い。

「そういえばもうすぐ狩猟祭が始まる季節だったな。それまでに任務が終わればいいんだが……」

「わうっ？」

「ポチ子は知らないのか？　この都市で行われる魔物を利用した祭りのことだ」

ポチ子が狩猟祭という単語に首を傾げたため、彼女のためにナオは説明する。

狩猟祭とは年に一度、魔物が最も繁殖する時期に行われる祭りのことで、冒険者ギルドと魔物商人が主催する大きな祭事である。

「都市の中に様々な種類の魔物を放し、冒険者達に狩りを競わせるんだ。その光景を街中の人が観覧できるから、狩猟祭と呼ばれているんだぞ」

「でも、街の中に魔物を解放して大丈夫なんですか？」

「まあ、解放するといっても、被害が出ないように配慮はしてある。結界石や腐敗石を設置して魔物の行動域を制限したり、王国の警備兵も街中に配備したりするしな。また、観光客のために広場に席を用意するし、解放される魔物も魔物使いに操作されているから危険はない」

「そうなんですか～」

話を聞きながらポチ子が楽しそうに尻尾を振るのを見て、ナオは和んでしまった。

ナオは気持ちを切り替え、任務に集中して怪しい人物がいないか捜索を続けようとすると、不意に周囲の人々が自分達を見ていることに気づく。

「おい……あれ、もしかしてヴァルキュリア騎士団の制服じゃないのか⁉」

「ということは、あの人達は騎士なのか⁉」

「まさか……こんな場所に騎士がいるわけないだろ？」

「あっ……しまった。この格好では目立ちすぎるか」

「わうっ、盲点でした⁉」

調査に出向かせている騎士団員には、街に馴染む服に着替えさせているが、ナオは自分達のことには無頓着なのだった。

◆◆◆

数分後、古着屋を訪れたナオとポチ子は、店員に勧められるままに、次々と着替えていた。

「お客様‼　次はこちらの服はどうでしょうか⁉　過去に召喚された勇者様がデザインしたゴスロリ服というものを参考にしたドレスですが……」

「こ、こんな服を着られるか‼　いいから別の物を用意してくれ‼」

「そちらのお客様にはこの服はどうでしょうか？　こちらも勇者様が考案した巫女と呼ばれる職業の方が着る衣装らしいですが……」

「あ、凄く可愛いです‼」

「ポチ子‼」

大勢の女性店員が次々と奇抜な衣服を持ってきては、器量が良いナオとポチ子に着せ替え人形のように勧める。

ナオは目立ちすぎない衣服を購入しようとしただけなのだが、入った店が悪かったのか、彼女の思惑とは別の物ばかり用意されてしまった。

「それではこちらはどうでしょうか⁉　人魚族の方にも大人気のスクール水着です‼」

「それは本当に衣服なのか⁉」

「では……こちらのビキニアーマーはどうでしょうか？」

「服を用意しろ、服を‼　そもそもどうしてそんな物がここにある‼」

「分かりました。では、こちらの体操着はどうでしょうか⁉　動きやすさ重視の代物ですよ‼」

「この店にはまともな衣服はないのか⁉」

何故かこの店は、異世界の文化を取り入れた衣服を無駄に取り揃えていた。

結局、ナオとポチ子は、店員が用意した服の中でも比較的まともに見えるセーラー服と

ジャージに着替えて店の外に飛び出す。

着替えだけで一時間近くも無駄にしてしまった。

「ああ……何をしているんだ私は、こんなことなら大人しく宿で待っていればよかった……」

「わうっ……元気を出してください」

スカートをはいているにもかかわらずしゃがんでしまうナオに、ポチ子が慰めるように肩に手を置く。

こうなってしまった以上この格好で聞き込み調査を行うしかない、ナオはそう開き直った。

「確かに落ち込んでいても仕方ないな。よし、聞き込みを開始するぞ、ポチ子‼」

「わんっ‼」

気を取り直したナオは、首元の「黒水晶のペンダント」を手に取る。

その直後、彼女の手元にレイトが使用する「収納魔法」のように黒色の渦巻きが生まれ、一枚の羊皮紙が出てきた。

彼女が首に下げているペンダントは「収納石」と呼ばれる特別な魔石を加工した魔道具である。

これを利用すれば、普通の人間でもレイトのように異空間に物体を収納できる。収納石は魔石の中でも非常に人気が高く、特に大量の荷物を持ち運ぶ商人に愛用されていた。

この便利な魔石のせいで、収納魔法を唯一使える支援魔術師が不遇職と呼ばれるようになったといっても過言（かごん）ではない。

但し、収納石には色々と制限があった。

例えば、その大きさによって異空間に入れられる物体に重量制限がある。ナオの所持している魔石の場合は、十キロまでしか入らない。

また、収納石は異空間に物体を入れる度に重量が増加する。

百キロ分入る収納石の場合、限界まで異空間に入れると収納石の重量が十キロ重くなってしまうのだ。

それに加えて、収納魔法と同様に物体しか入れられないので、液体等の収容は不可能である。

便利な魔石であることは確かだが、加工方法が特殊なために大量生産は不可能であり、しかも壊れやすい性質を持っている。

通常の魔石は宝石にも劣らない硬度を誇るが、収納石は外見通り硝子のように脆（もろ）い。

ちなみに、収納石が壊れた場合、異空間に納められている物体は全て外部に強制的に放出されてしまう。

支援魔術師の収納魔法の場合は、本人が負傷しようと死なない限りは、異空間から自由に出し入れできる。但し、制限重量はレベルに比例し、普通の職業よりレベルが上がりにくいという欠点を持つ。

商人が荷物を運ぶのに支援魔術師を雇うよりも収納石に頼るのは、性能面で劣っているといっても、収納石の方が使い勝手が良いからであった。

「ふうっ……この収納石というのはどうにも使いにくいな。ポチ子、これで聞き込みを行うぞ」

「はい‼」

ナオは収納石に手を添えて二枚目の羊皮紙を取り出す。羊皮紙には、二人が探している人物の似顔絵が描かれていた。

似顔絵は、鑑定士が「速筆」と「模写」という技能スキルを駆使して描いたものである。

偶然にもこの死霊使いを見かけた人物の協力を得て描いてもらったが、この協力者は似顔絵を描いた翌日に失踪してしまった。

「手がかりはこの羊皮紙だけだ。一応予備があるとはいえ、なくさないように気をつけるんだぞ」

「わぅんっ‼　分かりまし……は、はっくしゅん‼」

「言ってるそばから⁉」

ポチ子は元気よく返事をするが、即座にくしゃみをして羊皮紙を汚してしまった。

ナオは仕方なく予備の似顔絵を手渡す。

ちなみにこの世界にコピー機のような物はない。しかし、王国に所属する鑑定士に似顔絵の模写を行ってもらっているので問題はなかった。

近日中に、女の似顔絵が描かれた手配書が出回る予定である。

「全く、ほら今度は汚しちゃ駄目だぞ」

「ごめんなさい……わうっ？」

「どうした？」

「いえ、あそこにいる人に見覚えがあって……あ、あの時のお兄さんです‼」

「なにっ⁉」

ナオはポチ子の言葉に反応して振り返る。

あの時のお兄さんという言葉に、レイトが現れたのかと驚いたが、街道にそれらしき人物は見当たらなかった。

どこにいるのかと必死に探していると、ポチ子が一人の男性に近づく。

「お兄さん、この間は財布を拾ってくれてありがとうございました‼」

「ん、ああ……この間の娘か。別に気にするな」

「誰だ⁉」

「ん？」

予想に反してポチ子が近づいたのは巨人族（ジャイアント）の青年であり、ナオは驚きの声を上げる。

ポチ子は男性のズボンを掴み、ナオに紹介した。

「このお兄さんがこの間、私の落とした財布を探すのを手伝ってくれたんです‼　本当にありがとうございました‼」

「気にしないでいい。困った人を見捨てることはできない」

「そ、そうだったのか……うちの部下がお世話になりました」

「部下？」

「あ、いや……」

巨人族（ジャイアント）の青年ゴンゾウはナオの言葉に首を傾げ、ポチ子の頭を撫でるとそのまま去っていった。

ナオは相手がレイトではなかったことを残念に思う。

「はあっ……い、いや、何を溜息を吐いているんだ私は……別に期待していたわけでは」

「あ、あっちに魔術師のお兄さんがいます‼」

「何っ⁉」

ポチ子の言葉にナオは振り返る。ポチ子は灰色のマントを纏った青年に近づき、そのローブの裾（すそ）を掴んだ。

「お兄さん‼　あの時はお金を拾ってくれてありがとうございます‼」

「ん？　何だ……ああ、あの時の犬っ子か」

「誰だお前は⁉」

「えっ⁉」

またもや見知らぬ人物が現れナオは声を張り上げてしまった。いきなり怒鳴りつけられた青年は驚いており、ポチ子がナオに事情を説明する。

「この人は、この間私が財布から小銭(こぜに)を落とした時に、拾うのを手伝ってくれたお兄さんです」

「そ、そうだったのか……うちの子がお世話になりました」

「い、いや……別にいいけどさ。びっくりしたな、もう……」

「……あの、失礼かもしれないが、貴方のその恰好を見たところ、もしかして闇魔導士ですか？」

「そうだけど……」

灰色のマントの下に黒色のローブを着ていることに気づいたナオは、彼の職業を見抜いた。

黒色のローブを身に着けているのは、黒魔導士か死霊使いの魔術師だ。ナオは青年に似顔絵を見せて聞き込みをした。

「この人物に見覚えはないか？」

「何だ？　似顔絵？　いや、特に見覚えはないかな……」

「そうですか……」

「じゃ、じゃあ、僕は行くよ。もう財布を落とさないように気をつけなよ」

「わんっ‼」

ポチ子の頭を軽く撫でると青年は立ち去り、結局またもや別の人物だったことにナオは溜息を吐くが、慌てて本来の任務を思い出す。

「いかんいかん……気が緩みすぎだ。私は一体どうしたというんだ」

「あ、狼のお兄さんがいます」

「今度こそ本物かっ⁉」

狼という単語にナオは期待を抱くが、ポチ子が見つけたのは冒険者と思われる格好をしている少年だった。

「狼のお兄さん‼　あの時、私が落とした剣を拾ってくれてありがとうございます」

「ああ？　お前は……ああ、あの時のガキか」

「だから、誰なんだ一体‼」

「はっ⁉」

ポチ子が話し掛けていたのは、狼型の獣人族（ビースト）の少年だった。

唐突にナオに突っ込まれ、彼が戸惑いの表情を浮かべていると、彼の後ろから赤色の髪の少女と黒髪の青年が話し掛けてくる。

「どうしたのガロ？　知り合い？」

「い、いや……別に知り合いというほどじゃねえけど……」

「あれ？　この間の犬の嬢ちゃんじゃないか。どうしたんだ、こんなところで」

「わぅんっ‼　お仕事中です‼」

「ちょ、ちょっとポチ子……」

少年の背後にいた青年がポチ子の存在に気づいて声を掛けてきた。

迂闊なことを口走ろうとしたポチ子の口を、ナオが押さえつける。そんな二人に、三人組は首をかしげるが、仕方ないのでナオは彼らにも似顔絵を見せた。

「……すまないが、私達はこの人物を探している。見覚えがないか？」

「似顔絵？」

「何だ？　人探しか？　こいつ誰だよ？」

「あれ……この人、さっき見た人じゃないかな？」

「見覚えがあるのか⁉」

少女が差し出された似顔絵に反応したので、ナオは食い気味に彼女に問い質す。すると、少女は戸惑いながらも頷く。

「あ、あっちの方で見かけたけど……あの建物の中に入っていったよ」

「ありがとう‼　行くぞポチ子‼」

「はいっ‼」

「あ、ちょっと⁉　でもあそこの建物は……」

ナオとポチ子は少女の指差した建物に向けて駆けだし、中に入った。だが、入って早々に彼女達はとんでもない場所に来てしまったことを悟る。

「いらっしゃいませ、お客様……おや、随分と可愛いお二人さんが来ましたね」

「な、何だここは……⁉」

「わうっ……凄く香水の匂いが強いです」

入り込んだ二人を、随分と露出度が高い服装を着た見目麗しい女性達が出迎え、珍しそうに見ている。

ナオは、ここが娼館であると気づき、頬を真っ赤にしてポチ子を抱き寄せた。

「あらら？　貴方達、そういう趣味の持ち主かしら？　女性のお客様なんて……さっきも来たかしら。で、誰をご指名かしら？」

「ち、違う‼　私達は人探しを……」

「大丈夫、大丈夫。最初は誰もがそんな言い訳をするけど、普通は間違いでこんな場所に入ったりしないわ。うちはそっちの趣味の子も豊富だから安心して頂戴」

「だから違うと言っているだろう‼　ポチ子、私の後ろに隠れていろ‼」

「わ、わぅっ……？」

子供には見せてはいけないと判断したナオは母親のようにポチ子を庇い、それでも当初の目的を果たすために似顔絵を差し出す。

「この女‼　ここにこの女が入ったはずだ‼　誰か知らないか？」

「あら、この人……」

「さっきのお客様ね。知り合いなの？」

「……犯罪者だ。私達は王国の関係者だ」

「王国の……⁉」

ナオの言葉に従業員の女性達も驚くが、即座に彼女達は笑い声を上げる。

その反応にナオは戸惑うが、すぐに彼女は自分達の格好に気づき、騎士団の制服ではないことを思い出す。

「あはははっ‼　お、王国の関係者ということは貴女達は兵士さんなの？　だけど、頭の固い王国軍人が、そんな恰好で聞き込みをするはずがないじゃない‼」

「お嬢ちゃん達、あんまり大人をからかってはダメよ？」

「な、私は本当に……‼」

「そこまでにしておきなさい。うちとしてもお金を払っているお客様の情報を簡単に売り渡すわけにはいかないのよ」

そう言いながら、宿屋の主人と思われる女性が現れた。

彼女はパイプを口にしながら面倒そうにナオとポチ子に視線を投げかけ、二人が客ではないと判断して怒鳴りつける。

「商売の邪魔をするならお帰り願うわ！　こっちは真面目に商売しているのに、探偵（たんてい）ごっこをしている子供の相手なんてしていられないのよ」

「……何だと？」

「あら、怖い。怒らせたかしら？　だけど私達はもっと怒ってるのよ？」

探偵ごっこという言葉にナオは表情を一変させ、真面目に仕事をしている自分達を馬鹿にした女主人に怒りを抱く。

しかし、即座に頭を切り替えて彼女と向き直り、胸元の収納石のペンダントを差し出す。

「私達が王国の軍人であることを証明すれば、調査に協力してくれるのか？」

「……ええ、貴女達が本当の軍人だったらね」

「その言葉、忘れるなよ」

挑発するように鼻で笑う女主人の前で、ナオは表情を引き締める。

そして、収納石を発動して二振りのカトラスを取り出した。唐突に武器を出現させた彼女に周囲の人間は驚くが、ナオはポチ子に声を掛ける。

「ポチ子‼　あれをやるぞ‼」

「あ、はい‼」

「ちょっと、一体何を……⁉」

ポチ子は自分の財布を出し、一枚の硬貨を取り出すとナオに向けて投げつける。ナオは両手のカトラスを振りかざし、自分が得意とする剣技を放つ。

「『十字剣』」

「ひぃっ⁉」

女主人と他の従業員の目の前で、ナオはカトラスを振った。

空中で四つに割られた硬貨が地面に落ちる。誰もが唖然とする中、ナオはカトラスを戻して硬貨を拾い上げ、女主人に手渡した。

「これが代金だ。私達が王国軍人であることを信じたか？」

「え、ええっ……そ、そうね。ごめんなさい、気を悪くしたのなら謝るわ……」

空中に投げ出された硬貨を四つに切断するなど、並の剣士にできる芸当ではない。それが、王国軍人の証になるとは言えないが、少なくとも普通の人間ではないと示すことはできたようだった。

引きつった笑顔を浮かべる女主人にナオは似顔絵を押しつけ、再度協力を願う。

「この女のもとへ案内しろ。死人が出る前にな……」

「ひうっ⁉　わ、分かったから落ち着きなさい‼　若いのに人殺しなんて馬鹿なことを考えちゃ駄目よ‼」

「いや、私が殺すわけではないが……」

　ナオの言葉に勘違いした女主人がパイプを落として、彼女を落ち着かせようとするが、既に騒ぎを起こしているので相手が逃げだしている可能性があり、ナオは急いで店の従業員に案内させる。

　結果として、娼館に入り込んだ女性は確かに似顔絵とよく似ていたが、別人だった。その女性は巨人族（ジャイアント）であり、似顔絵の人物が人間であることは判明していた。

　結局、ナオとポチ子は夕方近くまで捜索したが有力な情報は手に入らず、仕方なく宿屋に戻ってきた。
「はあ……今日は色々大変だったな、ポチ子」
「くぅんっ……お腹空（す）きました」
「よしよし、もうすぐ夕飯だからそれまで我慢しろ」

犬耳を垂らしながら隣を歩くポチ子。ナオはその頭を撫でてやり、結局、今日の活動は無駄足だったことに溜息を吐く。

歩いている途中で、ポチ子が声を上げる。

「あっ‼　白い狼さんです‼」

「もうそれはいいから……今度は誰だ？　犬型の獣人（ビースト）か？」

ポチ子の言葉にナオが振り返る。

「ウォンッ‼」

「うわっ⁉」

そこには、見覚えのある大きな狼の姿があった。それを見たナオは驚きの声を上げる。そして、狼の背中には彼女が探していた人物がいた。

「あれ……ナオ、姫様？　どうしてこんなところに……」

「レ、レイト⁉」

「ペロペロッ……」

「わふぅっ……くすぐったいです」

ナオの前に現れたのは、ウルに乗ったレイトである。

彼はウルの背中から降りると、ナオと向き合った。ウルはポチ子の顔を舐め、大型犬が小型犬を可愛がるようにじゃれついている。

「ナオ姫……観光ですか？」

「いや、任務中だ。お前は……今日は非番なのか？」

「非番というか、まあ色々と……」

レイトが冒険者になったことはナオも聞いており、出会った時と変わらぬ彼の姿に何故かナオは安心してしまう。

今まで心のどこかで抱えていた不安が消え、余裕を取り戻したように話しかける。

「バルから話を聞いているぞ。新人の癖に全然仕事しなくて困っているとな」

「あはは……一応今はぼちぼちやっています」

「全く、しょうがない奴だな……バルに紹介した私の立場はどうなる？　怠け者を紹介したと思われて、迷惑するのは私なんだぞ」

「すみません」

素直に頭を下げるレイトに、ナオは苦笑いを浮かべた。

ナオはいざ会ってみると、仕事の話以外に何を話せばいいのか分からず……結局は無難な質問をしてしまう。

「その、元気だったか？」

「え？　はい、元気でしたよ」

「……そうか」

レイトの何気ない言葉に、ナオは自分が安堵していることに気づいた。彼の元気な姿を見られただけで不思議と身体から疲労感が消え、笑みがこぼれた。

「それならいいんだ」

「……姫様も元気でしたか？」

「私か？　私は……」

一瞬だけ言葉に詰まる。最近は悩み事が多かったのだが、それでもレイトの顔を見ていると安心してしまうのだ。

ナオは王都にいる妹達と接する時のように笑顔で答える。

「もちろん、私も元気だったぞ‼」

◆◆◆

この数か月後。

冒険都市から王都に帰還したナオは、探していた死霊使いの有力情報を掴んだ。団員の一人が似顔絵からその尻尾を掴み、彼女が次に向かう場所を探り当てたのだ。

ナオは、死霊使いの女を捕まえるため行動に移る。

「ヴァルキュリア騎士団‼　出動するぞっ‼」

「「「は!!」」」

「わうんっ!!」

見目麗(みめうるわ)しく、それでいながら武芸にも長(た)けた女騎士達を引き連れ、ナオは今日も任務を全(まっと)うするために動きだす。

あとがき

この度は、文庫版『不遇職とバカにされましたが、実際はそれほど悪くありません？ 2』をご購入の皆様、誠にありがとうございます。作者のカタナヅキです。

今巻からいよいよ主人公レイトが森を抜け出し、外の世界の人間と関わりながら、森で得た能力を生かして様々な問題に立ち向かう物語が本格的に始まります。

義姉であるナオと出会い、冒険者になって初めてお金を稼ぐ仕事にも就きました。

旧帝国という明確な敵対目標が現れ、魔物使いや吸血鬼といった厄介な力を持つ相手とも激闘を繰り広げました。

その一方、外の世界には彼でも敵わない強い人間はたくさん存在します。

しかし、レイトもまだまだ成長の余地があります。

今後はアイリスと相談してトラブルを解決するのではなく、冒険者としての仕事をこなし、多くの人間達との交流を深めていくことで、さらなる進化を遂げていくでしょう。

ちなみに、ウルはレイトに対して主人というよりも家族のような感覚で接しています。

彼の言うことなら何でも聞きますが、もしもレイトの身が危険に陥ったら自分の身を顧みずに救おうとします。ウルにとってレイトは兄や弟のような存在に近いかもしれません。

レイト以外のキャラクターの中で一番思い入れがあるのは、黒虎のギルドマスターのバルです。本当ならば彼女の過去をもっと掘り下げたかったのですが、それだと話が長くなるので泣く泣く省略しました。そこで少しだけここで彼女について補足すると、若かりし頃は絶世の美女でしたが、現在は腕っ節が強い美熟女という設定になっています（笑）。

本作ではレイト以外のキャラクターも重点的に書かなければならなかったため、第一巻の時よりも苦労しました。しかしその反面、キャラクターが増えると面白い点もあり、彼らとレイトを絡ませるのは楽しかったです。

また、番外編はｗｅｂ版にはなかった話でナオ視点の話になります。こちらは本編よりも気楽に書けた気がします（笑）。ナオもレイトと同様に複雑な立場の人間だからこそ、初めて会ったはずのレイトのことを他人に思えず、彼に親切にしたのかもしれません。


長くなりましたが、レイトの物語はまだまだ始まったばかりです。

どうかこれからも応援のほど、よろしくお願いします。

二〇二三年八月　カタナヅキ

アルファライト文庫

この作品に対する皆様のご意見・ご感想をお待ちしております。

おハガキ・お手紙は以下の宛先にお送りください。

【宛先】

〒150-6008 東京都渋谷区恵比寿4-20-3 恵比寿ガーデンプレイスタワー 8F
（株）アルファポリス　書籍感想係

メールフォームでのご意見・ご感想は右のＱＲコードから、
あるいは以下のワードで検索をかけてください。

ご感想はこちらから

本書は、2019年5月当社より単行本として
刊行されたものを文庫化したものです。

不遇職（ふぐうしょく）とバカにされましたが、実際（じっさい）はそれほど悪（わる）くありません？ 2

カタナヅキ

2023年 8月 31日初版発行

文庫編集－中野大樹／宮田可南子
編集長－太田鉄平
発行者－梶本雄介
発行所－株式会社アルファポリス
〒150-6008東京都渋谷区恵比寿4-20-3恵比寿ガーデンプレイスタワー8F
TEL 03-6277-1601（営業） 03-6277-1602（編集）
URL https://www.alphapolis.co.jp/
発売元－株式会社星雲社（共同出版社・流通責任出版社）
〒112-0005東京都文京区水道1-3-30
TEL 03-3868-3275
装丁・本文イラスト－しゅがお
文庫デザイン—AFTERGLOW
（レーベルフォーマットデザイン－ansyyqdesign）
印刷－中央精版印刷株式会社

価格はカバーに表示されてあります。

落丁乱丁の場合はアルファポリスまでご連絡ください。

送料は小社負担でお取り替えします。


ISBN978-4-434-32460-4 C0193